KAFÛ

INTERMINABLEMENT LA PLUIE

Récits traduits du japonais
par Pierre Faure

Commentaires de Pierre Faure

Avant-propos de Bernard Frank

Éditions
Philippe Picquier

Du même auteur
Chez le même éditeur

Le Bambou nain
Chronique d'une saison des pluies
Du côté des saules et des fleurs

Titre original : *Asase, Hanabi*
Ame shôshô

Mas de Vert
13200 Arles

En couverture : Droits réservés.

Conception graphique : Picquier & Protière

ISBN : 2-87730-207-5
ISSN : 1251-6007

AVANT-PROPOS

Il arrive que, par le fait d'une affinité privilégiée, l'œuvre d'un écrivain trouve au sein d'une autre culture un interprète idéal. On ne peut s'empêcher, alors, d'admirer qu'en dépit des distances créées par l'espace et le temps, deux sensibilités se révèlent si merveilleusement accordées.

C'est bien une telle affinité qui fut en jeu dans la rencontre que devait faire l'œuvre de Nagai Kafû avec Pierre Faure.

Kafû[1]*, né à Tôkyô en 1879, mort dans cette même ville en 1959, a été, comme l'écrit Pierre Faure lui-même*[2]*, le dernier des grands écrivains de la génération de Meiji et celui qui, plus que tout autre, a pris pour thème la crise de civilisation où le Japon se débat depuis un siècle. Profondément imprégné du libéralisme de la culture française et, en même temps, attaché par un lien viscéral à la vie du vieil Edo qu'il voyait s'anéantir, cet homme de lettres au tempérament exceptionnel allait, devant les déceptions, les blessures chaque jour éprouvées, réagir par une attitude de retrait dont les éléments composants sont difficiles à démêler : cynique, hédoniste, bizarrement frivole sous*

1. A la suite de Pierre Faure – et selon l'usage courant au Japon – nous désignons l'écrivain par son nom personnel, qui est ici un nom de plume, en omettant son patronyme, Nagai.

2. « Avant-propos » à *La Sumida*, p. 25.

un certain angle, cette attitude apparaît, sous un autre, comme inspirée d'un des plus intransigeants refus de compromettre qui aient jamais été exprimés. De la nostalgie qui s'y manifeste, de la tendresse contrariée, refrénée, qui y affleure sous le sarcasme, se dégage une intense poésie que véhicule un style toujours superbe.

Le malheur – traduttore, traditore *– infligé à d'autres princes de la littérature, Kafû y aura dans notre langue – au moins pour une part de son œuvre qui suffira, quoi qu'il advienne de la suite, à en transmettre le message essentiel – échappé grâce à l'active intuition et à l'étonnant talent de Pierre Faure.*

Les hasards de la carrière d'un père haut fonctionnaire de l'administration des Douanes avaient mené Pierre Faure, de Marseille, où il était né en 1934, à Chambéry, ville dans laquelle sa famille, d'origine en partie savoyarde, avait d'anciennes attaches. De brillantes études poursuivies ensuite à Paris l'avaient conduit, en 1959, à l'agrégation de lettres classiques. Il fut ensuite professeur durant six ans, d'abord au lycée Bugeaud d'Alger, puis à l'université de Saïgon. C'est en 1965 qu'il arriva au Japon où allait se décider sa vocation.

Affecté, en tant que lecteur, à l'université de Nagoya, il y fit, comme beaucoup de nos compatriotes, l'expérience d'un milieu très accueillant ou régnait une chaleureuse francophilie. Doué pour l'apprentissage des langues, il ne tarda pas à y commencer celui du japonais et à y faire des progrès d'une extrême rapidité. Dès 1968, on le voit publier dans la revue Nami, *éditée par Shinchôsha, les résultats d'une recherche entreprise sur un roman naturaliste bien connu de l'époque Meiji,* Futon *(« Le Matelas ») de Tayama Kataï. Mais, peu après, il se tournait vers Kafû, auquel il devait s'attacher définitivement.*

Ses premières « Etudes sur Nagai Kafû », qui devaient paraître en français dans le Bulletin de recherche de l'université de Nagoya *en 1971-1972 et, parallèlement, en japonais, sous la forme d'une recension abrégée, dans la revue de l'université de Tôkyô,* Kokugo to kokubunkagu, *numéro de novembre 1971), portaient sur le roman* Sumidagawa, *écrit en 1909 et publié l'année suivante, où Kafû déplore la ruine tragique d'Edo sous les coups d'un modernisme qui, loin des heures libératrices et fécondes de ses débuts, inclinait toujours davantage vers l'oppression et vers un discours que les hommes de sa sorte ressentaient comme chargé d'imposture.*

Remarquablement informées, rédigées dans une langue subtile, alerte, toujours pertinente, ces « Etudes » furent réimprimées avec la traduction intégrale du roman, sous le titre La Sumida, *dans la collection de l'UNESCO « Connaissance de l'Orient » (Gallimard, 1975). Elles se présentent sous la forme de trois petits essais (« La fin des* meisho *ou De la gravure au roman », « Cycles et circuits », « Fleurs de serre et fleurs fanées* ou *Du théâtre au* ninjôbon ») où *Pierre Faure a analysé les liens qui relient l'univers de Kafû à celui des illustrateurs d'Edo, la manière dont la vie des personnages s'inscrit dans le cours, à la fois fuyant et toujours renouvelé, des saisons et parmi les paysages de la ville, et montré, pour finir, comment* La Sumida, *« miroir magique et inexorable » où se reflètent superposés le rêve d'« accéder aux terres espérées » et celui de « retourner à des paradis enfuis », constitue le « véritable roman du mal du siècle », qu'avait appelé l'époque.*

A la hauteur de ces essais est – il faut le dire – l'art du traducteur. Autant la traduction du récit de Kafû lui-même que celle des textes cités dans les commentaires sont un enchantement continu. Qu'on en juge par la manière dont est rendu ce haikai de Hattori Ransetsu (1654-1707) légèrement modifié par Tamenaga Shunsui (1790-1843) dans un roman que, fidèle reflet de Kafû, affectionne tout particulièrement le jeune héros de La Sumida[3] :

« Au prunier une fleur,	Ume ichirin
Une autre encore, et c'est	Ichirin zutsu no
Autant de tiédeur. »	Atatakasa

Dès ce premier grand travail, Pierre Faure avait montré que l'une des convictions de Kafû était que l'écrivain, en dépit des transformations du décor social, se trouvait dans une condition qui n'avait pas vraiment changé depuis les jours de l'absolutisme shôgunal et qu'en conséquence, son rôle, ses sources d'inspiration n'avaient pu que rester, eux aussi, les mêmes : ceux d'un pur et simple « divertisseur » ; position de principe qui se doublait chez Kafû, d'une irrépressible attirance pour les arts, les théâtres et les lieux de plaisir dans lesquels s'était exprimée en son essence la civilisation d'Edo.

De Kafû, Pierre Faure remonta – et avec quel bonheur ! – jusqu'à ces sources d'Edo, qui constituaient les constantes références de ce dernier. Son effort en ce sens aboutit à un autre magistral ouvrage où il voulut (je cite ses propres paroles, tirées d'un rapport, resté manuscrit, qu'il rédigea en 1977) « décrire le statut des écrivains dans l'entreprise complexe et complète du théâtre kabuki » ; il y étudiait « pourquoi ces écrivains, limités de divers côtés dans leurs éventuelles ambitions, ne purent atteindre au statut d'« auteur » tel que nous le concevons en Occident. » Là encore, l'étude était accompagnée d'une traduction d'une qualité éblouissante : Le Kabuki et ses écrivains, suivi de la traduction de la pièce de Kawatake Mokuami *Izayoi et Seishin,* ou L'Histoire amoureuse et tragique d'une courtisane et d'un bonze qui devinrent brigands *; elle fut publiée dans*

3. *La Sumida,* partie des « Commentaires », p. 122.

la présente « Bibliothèque de l'Institut des hautes études japonaises du Collège de France » (L'Asiathèque, 1977). Ce n'était pas par hasard si Pierre Faure avait choisi cette pièce : c'est celle à laquelle assiste au sein de la plus grande excitation – toujours lui ! – le jeune héros de La Sumida.

*Ce fut encore sur les pas de Kafû et, cette fois, pour l'accompagner dans les engouements musicaux qu'il exprime à travers le vieil auteur des confidences d'*Interminablement, la pluie... [4], *que Pierre Faure rédigea le petit essai « A propos d'un style de* jôruri : *le* Sonohachi-bushi », *qui était destiné aux* Mélanges offerts à M. Charles Haguenauer en l'honneur de son quatre-vingtième anniversaire *et qui parut dans ce grand volume collectif, publié en 1980 dans notre « Bibliothèque... » (où il occupe les pages 291 à 303). La traduction du poème « Double suicide au mont Toribe » destiné au chant du* Sonohachi, *qui y figure, atteint, en sa musicalité, une extraordinaire maîtrise.*

Mais ces incursions dans le monde d'Edo, qu'on pourrait dire imposées par Kafû lui-même, n'avaient pas détourné Pierre Faure de l'étude fondamentale qu'il menait sur celui-ci et dont on trouvera ici la partie rédigée : Nagai Kafû ou La Difficulté d'écrire au Japon, de la fin de Meiji à la Seconde Guerre mondiale. *Voici comment Pierre Faure a résumé, dans un rapport rédigé en 1976, son projet à cet égard :*

« Après la Deuxième Guerre mondiale, Kafû, oublié depuis 1938, revient au premier plan de l'actualité littéraire. Il s'était fermé les portes de l'édition en refusant de « collaborer » avec le régime en place.

« L'explication de son attitude doit être cherchée quelque trente ans plus tôt, à la fin de l'ère Meiji : ses réactions au moment de l'affaire Kôtoku (un procès inique visant à décapiter le socialisme japonais) et, plus

4. Voir plus loin, p. 43.

encore, face à l'oppression intellectuelle qui accompagna l'ensemble de cette période, avaient déterminé une fois pour toutes l'attitude de l'écrivain.

« Par une étude précise des textes de l'époque de l'Affaire, j'ai analysé les étapes d'un processus qui conduisit Kafû à conclure (nous retrouvons ce qui a été dit plus haut) : 1. que la condition de l'écrivain n'avait fondamentalement pas changé par rapport au passé ; 2. que l'écrivain n'avait donc pas d'autre choix que de redevenir un "auteur de divertissement" à la façon d'Edo. »

Il ajoutait :

« J'ai essayé de dégager le sens de cette prise de position, la part de ruse qu'elle comporte, et j'ai voulu montrer que cette attitude – qui est en partie attitude de fuite et correspond au caractère de Kafû – était en même temps et paradoxalement le seul moyen qu'il eût de préserver son autonomie en tant qu'"individu" face à l'Etat tout-puissant. Elle devait être plus tard la base irréductible d'une "résistance" passive, mais sans faille, face à l'Etat totalitaire. »

Dans l'étude ainsi définie, Pierre Faure se réfère, en des proportions variables, à trois textes de Kafû, dont il avait fait la traduction et que nous publions dans ce volume :

Le premier, Asase, *« En eau peu profonde », est un récit daté d'avril 1912. La traduction en a déjà été publiée dans un numéro spécial sur le Japon de la revue* Cahiers de l'Oronte, *de Beyrouth, (1972-1973, p. 89-98). Nous la réimprimons telle quelle, avec des notes qui sont exclusivement de l'auteur.*

Le deuxième, Hanabi, *« Feu d'artifice », écrit en juillet 1919, a fait l'objet d'une traduction inédite, qui est entièrement terminée, mais dont l'annotation n'avait été qu'ébauchée. Quelques japonisants parisiens qui se sont réunis sous le nom de « groupe Kirin » en vue de traduire un choix de nouvelles de l'époque Taishô, ont souhaité joindre à leur ouvrage cette traduction de* Hanabi *par Pierre Faure. Ils y ont ajouté des notes qu'ils nous ont permis d'utiliser. Nous les avons reproduites en les accompagnant régulièrement de la mention* (K.), *sauf une relative à l'affaire Kôtoku, longuement traitée par ailleurs ici, que nous avons abrégée. Dans leur recueil qui, nous l'espérons, paraîtra bientôt, on trouvera une notice de présentation de* Hanabi, *due à Mme Yûko Brunet, à laquelle le lecteur aura tout profit à se reporter.*

Le troisième texte, Ame shôshô, *« Interminablement la pluie... » date de janvier 1921. Pierre Faure le décrivait ainsi dans un rapport rédigé en 1974 :*

« Ame shôshô, *qui est sans conteste l'un des chefs-d'œuvre, non seulement de l'œuvre de Kafû, mais de la littérature japonaise de l'entre-deux-guerres, marque pour ainsi dire le point culminant de l'attitude nouvelle de l'auteur (c'est-à-dire son attitude affirmée de désengagement) :*

« Cet ouvrage, qui tient à la fois du roman, de l'essai, de la réminiscence, met en jeu les ressources de la triple culture de Kafû (française, chinoise ? japonaise) et le meilleur de ses talents de prosateur lyrique. Œuvre de moraliste en même temps, elle symbolise aussi (toujours le même thème) l'inanité de la condition d'écrivain et du parti-pris individualiste en un temps où l'engagement est par ailleurs aléatoire. »

La traduction et l'annotation d'Ame shôshô *avaient été entièrement menées à bien par Pierre Faure, exception faite des notes 21 de la page 53 et 111 de la page 95 qui sont de la main de l'éditeur, Maisonneuve et Larose.*

En revanche, dans l'étude « Nagai Kafû ou La Difficulté d'écrire... » qui est, comme nous l'avons dit, demeurée inachevée, il manquait un certain nombre de références, qui ont pu être retrouvées grâce à des recherches entreprises par Mme Meiko Faure dans la bibliothèque de son mari.

Atteint très tôt d'une maladie dont il connaissait le caractère fatal, Pierre Faure a vécu une vie toujours menacée avec un courage et une élégance exemplaires. Il s'est éteint le 6 novembre 1977 à l'âge de quarante-trois ans à Chambéry[5]*, où il repose. A quelques jours de sa mort, il travaillait encore au manuscrit que nous publions et dont on peut dire que la dernière ligne est son dernier effort.*

Nous remercions tous ceux dont l'aide nous a permis la mise au point de cette édition et, en particulier, Madame Francine Bosquain Steib qui a bien voulu faire la frappe définitive à partir de textes en partie manuscrits et parfois difficiles à lire. Ses remarques et suggestions nous ont été extrêmement utiles.

Si l'œuvre de Pierre Faure a pu être réalisée avec la sérénité et l'efficacité nécessaires, c'est grâce au Centre national de la recherche scientifique où il était entré en 1973 et où il atteignit plus tard le grade de chargé de recherche. A partir de la même année 1973, il s'était vu confier par l'université de Paris VII la responsabilité de l'enseignement de la littérature japonaise moderne et l'assura d'une façon tout à fait remarquable que n'oublieront pas ceux qui en ont été les bénéficiaires.

En terminant, nous voudrions dire notre gratitude à la Fondation pour l'étude de la langue et de la civilisation japonaises (Fondation de France) grâce à une subvention de laquelle s'est trouvée possible la publication de ce livre.

Le 26 novembre 1984,
Bernard FRANK

---

5. On se reportera à l'annonce parue dans *Le Monde* du 9 novembre 1977, p. 20.

En eau peu profonde

(Asase)*

– Avril 1912 –

* Reproduit, avec quelques corrections de l'auteur, du numéro 11 des *Cahiers de l'Oronte,* Beyrouth, 1972-1973.

En vue de préparer la réception de l'ami X., rentré tout récemment au Japon, trois ou quatre de ses vieux camarades d'études, qui avaient été désignés comme organisateurs, se réunirent au domicile de l'un d'entre eux, un médecin. On discuta d'abord de l'endroit : choisirait-on une auberge japonaise traditionnelle ou bien un hôtel à l'occidentale ? « Pour quelqu'un qui revient de l'occident, un repas européen à la sauce japonaise doit bien prêter à rire. » Celui qui s'inquiétait ainsi était un ingénieur de l'administration centrale des Chemins de fer.

Un juriste de la compagnie des produits Mitsui repartit : « Vous avez beau dire mais – j'en ai fait moi aussi l'expérience – quand, à peine rentré d'Occident, on vous fait accroupir sur les tatamis[1] d'une auberge, c'est une corvée, croyez-moi. » Ce fut alors au tour d'un licencié ès lettres, sans profession, qui menait encore une vie de paresse aux frais de ses parents : « En un siècle de circulation aussi intense que le nôtre, ne pourrait-on pas se dispenser de ces sempiternelles réunions pour un départ, pour une arrivée, etc. ?

— Effectivement, cela aussi c'est vrai ! » Le professeur de sciences physiques qui depuis tout à l'heure, pour tromper son ennui, essuyait avec persévérance la buée de ses lunettes de myope, lança cette réplique en levant un regard filiforme.

1. Nattes montées sur un cadre de bois et rembourrées.

La discussion commençait soudain à s'égarer sur l'incommodité des banquets et tournait au récit de mauvaises expériences personnelles, mais le médecin, qui se distinguait par une chevelure passablement grisonnante tout à fait adéquate pour un président de séance, intervint avec doigté pour endiguer le flot : « Voyons, bon ! Inutile de méditer des plans compliqués et allons-y pour la classique réunion de convenance ! Autant que faire se peut on réduit les dépenses et on prend l'auberge japonaise avec saké, bière et geisha ; ça ira, je pense. On dira ce qu'on voudra, une réunion où viennent des geishas, ma foi, cela attire toujours du monde, et le travail des organisateurs s'en trouve diablement facilité.

— Je vois, je vois... » Comme si, par exemple, on lui avait dévoilé les arcanes d'une science nouvelle, le professeur de physique opina d'une voix importante qu'il extrayait du fond de sa gorge.

« Comme endroit, que décide-t-on ? Chez Man'yasu, ce serait trop mesquin, soit, mais ce n'est pas une raison pour qu'on aille comme chaque fois proposer encore Iyomon ; là, avec la longueur du trajet, ce n'est vraiment pas pratique, vous ne trouvez pas ? »

De Yoshi-chô à Shimbashi, en passant par Yanagibashi [2], ils se mirent à discuter sur des noms d'auberges, en nombre incalculable. Parmi les organisateurs, celui qui semblait le plus familier de ces sortes d'affaires, c'était bien entendu le médecin doyen d'âge, et le juriste de Mitsui qui lui donnait la réplique paraissait, lui aussi, un partenaire d'expérience à ne pas négliger. Le professeur de physique écoutait sans mot dire les autres discuter, dans l'attitude attentive d'un auditeur libre bien sérieux, mais quand le choix se fut, pour en finir, porté sur Midori-ya à Shimbashi, il déclara sur le ton de quelqu'un qui voudrait bien se faire pardonner le fait d'être le seul à n'avoir aucune qualité pour participer au

2. Trois quartiers de Tôkyô réputés pour leurs geishas.

débat : « Moi aussi, j'aimerais bien m'amuser une fois, pour voir, mais, vous comprenez, dans mon commerce, l'enseignement de la *chemistry*[3], ces sortes d'occasions manquent un peu. » Se tournant alors vers son voisin, l'ingénieur, il lui lança à brûle-pourpoint : « Ça doit être bon, hein ? »

Il va de soi que ces mots ne s'adressaient pas directement à une seule personne, mais l'autre, pris au débotté : « Oh ! vous savez... bon, il n'y a vraiment pas de quoi... enfin... » Pour M. le fonctionnaire de l'administration centrale des Chemins de fer, c'était une situation horriblement embarrassante ; mais le médecin à la tête grisonnante et à l'esprit peu formaliste le tira d'affaire en enchaînant sur le ton de l'homme blasé qui ne prend rien au sérieux :

« Dans le cas d'un garçon autour de vingt ans, je n'en sais rien, mais les gens qui, ayant atteint notre âge, sont capables de s'amuser de bon cœur, à priori, il ne doit pas y en avoir beaucoup. Et quand on se dit : “Allons gaspiller un peu d'argent et nous amuser un peu !” c'est à coup sûr parce qu'il s'est passé quelque chose de désagréable qui nous rend ennuyeux le séjour à la maison. Mais aller s'amuser dans un moment de désagrément, eh bien, foutre, je ne connais sans doute rien de plus désagréable ! Et pourtant, si l'on s'en tient à des gaillards de cet ordre, quel que soit l'âge qu'ils atteignent, il n'y a pas de terme à leur débauche. Tout à fait comme pour moi ! Ha, ha, ha, ha, ha !

— Exactement ! Tout bien considéré, c'est effectivement ennuyeux et désagréable. » Celui qui faisait chorus était, on l'a deviné, l'habitué des plaisirs, le juriste de chez Mitsui. « Toutefois, reprit-il, quand on a commencé à comprendre combien tout cela est désagréable, il est déjà bien tard, et dans le temps même que l'on pense : “en voilà assez”, le mouvement acquis empêche

3. En anglais dans le texte.

de s'arrêter. A vrai dire, étant donné que pour les gens de notre milieu, à part le saké bu dans les maisons de thé, ce monde n'offre strictement rien en fait de plaisir, eh bien, une fois qu'on a perdu goût à la chose, il n'y a plus moyen de s'amuser, voyez-vous ! Et là, je vous le dis, c'est la société qui en est coupable ! Les mœurs du Japon qui sont coupables ! Tout bien considéré, il vaut mieux pour nous autres hommes d'affaires que nous apprenions à ne pas nous intéresser à plus qu'à nous offrir des geishas : c'est sans risques ; que nous nous mettions en effet à apprécier les œuvres d'art sublimes ou à éprouver du goût pour la lecture ou je ne sais quoi, on nous affublera du nom d'excentriques ou d'autres qualificatifs semblables, nous serons traités par tous comme des individus à part, nous serons considérés comme des êtres un peu répugnants, en un mot, nous nous serons fermé de la sorte le chemin de la réussite.

— Vous devez avoir raison mais, dans ces conditions, il faudrait peut-être que des gens comme moi se résignent à se dire qu'ils sont somme toute heureux ? Puisque j'ai pu m'arrêter à mon gré lorsque je l'ai voulu. » Le littéraire avait soufflé ces mots d'une voix douloureuse, encore que sans affectation, tout en expirant du plus profond de sa poitrine la fumée de sa cigarette.

« Mais toi aussi, il fut un temps où tu fis joliment la noce, il me semble ; et alors ? ces derniers temps, tu as mis un terme à tes sorties ?

— Hé oui ! depuis trois ou quatre ans, je ne m'amuse plus du tout. A vrai dire, je me suis marié l'année dernière et…

— Mais le pourquoi de ce renoncement, quel est-il ? Est-ce que par hasard quelque tragédie – une sainte illumination peut-être – se serait donc produite ? De même que jadis on se faisait pèlerin des nuages et des eaux [4], aurais-tu…

---

4. Cette image d'origine chinoise désigne la vie du moine errant.

— Si ce n'était que cela, on pourrait y trouver matière à conversation ; mais non, c'est fini désormais et bien fini. En un mot, au départ, j'avais trop pensé, voilà ! Le goût particulier qu'a la débauche, l'expression sonne étrange… mais moi, avant même d'avoir connu la débauche, je m'en étais trop représenté et avec trop de force, le goût, le plaisir, la tristesse et le néant. Bref, j'ai su que la réalité était bien en deçà de ce que l'on attend d'elle. »

Comme toute l'assemblée, à commencer par le médecin, le priait instamment de donner de ses raisons une explication plus concrète, il tira de la manche de son kimono un étui à cigarettes en argent travaillé et, tout en l'ouvrant, il reprit son discours :

« Prendre conscience de cela après un temps vraiment si long peut sans doute passer pour tardif, mais en fait, qu'est-ce que le libertinage ? Même au point de vue de l'individu prisonnier d'un milieu contraignant, c'est à la limite la possibilité de marcher jusqu'à ces confins graves et mystérieux du double suicide par amour ; c'est donc dire que pour un individu tel que moi, dans une situation absolument libre, la licence, à tout prendre, n'est point de son domaine. Comme mon père possède depuis longtemps, vous le savez peut-être, une maison de commerce à New York, le temps qu'il passe au Japon n'atteint pas les trois mois par an ; de son côté, ma mère, qui restait à la maison, avait pour principe depuis ma petite enfance de ne jamais intervenir quoi que je fisse. Aussi, du jour où j'entrai à l'université, je me retrouvai libre comme l'air, ne craignant rien, n'hésitant devant rien en ce bas-monde.

« Il va sans dire que, depuis le temps du lycée déjà, je n'ignorais pas ce que c'était que s'amuser, et tout compte fait, c'est cette époque qui, dans sa naïveté, fut bien la plus intéressante. La tombée du jour et la venue de la nuit… il n'en fallait pas plus pour m'emporter dans un tourbillon qui m'affolait, de sentiments d'extase, de trouble et de mystère. Le seul fait de m'introduire à la faveur de la nuit dans un lieu interdit, c'était déjà la *belle aventure*[5] sans pareille, dans toute sa plénitude, pas question là d'amour, non plus que de larmes. Non ! Simplement, fasciné par la découverte de l'autre sexe, je n'ai fait que passer deux ou trois années d'un rêve éveillé qui s'est achevé sans laisser la moindre matière à souvenirs.

« A cette époque s'ouvrait l'Exposition universelle d'Amérique ; alors, me chargeant par la même occasion de quelque mission domestique, je fis la traversée le cœur léger, et deux ans plus tard, je rentrai, après avoir visité l'Europe en chemin. A mon retour, j'éprouvais encore un peu de curiosité et, laissant mes amis m'entraîner, je recommençai à m'amuser. Mais c'était fini. Comme je vous l'ai déjà dit, j'avais au début espéré trop et trop intensément, et c'est sans doute pour cette raison que, plus je pénétrais profondément dans l'intimité de ce domaine, et plus ces jeux ne faisaient que m'exaspérer par leur insignifiance. Tout se réduit à de vaines chimères. Si l'on veut connaître les attraits de la licence, point n'est vraiment besoin d'aller spécialement s'amuser. Qu'on fasse venir, par exemple, un virtuose d'*itchû-bushi*[6] et qu'il chante :

Noire chevelure
En désordre, ce matin
De pensers languides ;
Aux paupières point de larmes
Mais le cœur est lourd…

« Il suffira d'écouter une simple phrase musicale de ce genre et ce sera assez.

— S'amuser tôt et se ranger tôt, n'est-ce pas ? C'est la meilleure solution ! » approuva le médecin avec chaleur.

5. En français dans le texte.
6. Genre de poésie chantée avec accompagnement instrumental.

« Depuis toujours, on dit que la débauche après quarante ans ressemble à la pluie qui vient gâcher la fin d'une belle journée. Eh bien, moi, tout en sachant la vanité de la chose, je ressens encore malgré tout le désir de m'amuser ! Car pour bien vouloir rompre l'ennui et la monotonie de l'existence, on aura beau dire, il n'est rien d'autre que la femme.

— Alors, au total, quel genre de femme aimes-tu donc ? questionna indiscrètement le juriste.

— N'importe laquelle, ça ne fait rien. Pourvu qu'elle me ravisse tout entier en extase, pourvu qu'elle me fasse oublier et mon corps et le monde, n'importe quelle femme ! Une jeune, une vieille, une beauté ou un laideron ; cela m'importe peu. Mais quoi qu'il en soit, je veux une femme qui possède cette fureur pleine de grâces susceptible de me laisser quelque blessure spirituelle, si fine soit-elle, lorsqu'elle m'abandonnera. Il m'arriva un temps de me laisser prendre par une geisha de Shimbashi, qui jouissait d'une flatteuse réputation de savoir-faire, mais là encore, six mois ne s'étaient pas écoulés que j'en étais déjà lassé. A en croire sa réputation locale, ç'aurait été une sorte de réincarnation de Takahashi O-Den [7] et malheur à qui serait tombé entre les griffes de cette femme ! Aussi ma curiosité ne fut-elle pas peu excitée, mais en réalité, elles sont toutes aussi insignifiantes les unes que les autres. Comme elle dépassait de deux ou trois ans la trentaine, elle avait le mensonge abondant, de même que le faux-fuyant et la supercherie ; elle avait encore, de naissance et du fait de pratiques plus tardives, des appétits charnels inventifs et experts, qui constituaient en quelque sorte le prix de cette femme – qui n'allait tout de même pas jusqu'à mériter les noms de chienne ni de tigresse. Si elle fut bien deux ou trois fois entretenue par des hommes et si,

7. Célèbre criminelle dont les aventures fournirent entre autres le sujet d'une pièce de théâtre réputée.

comme on le rapporte, elle les saigna diaboliquement, cela n'était en fait que pour satisfaire à la cupidité infatigable d'une marâtre et pour éteindre les dettes qu'elle avait amoncelées, mais elle n'était point vraiment d'un caractère à aspirer tellement au luxe. Elle n'était pas de ces êtres du type de Nana, l'héroïne de Zola, que torturent nuit et jour sans trêve des appétits insondables et inconnus d'elle-même ; elle n'était pas non plus, comme Carmen, cette tigresse espagnole qu'a peinte Prosper Mérimée, ni comme Conchita, cette autre Espagnole que Pierre Louys a récemment dessinée, femme à exploiter la toquade d'un homme pour jouer avec ses sentiments les plus profonds, exacerber le feu de son désir, le pousser pas à pas, insensiblement, jusqu'à ces abîmes de déchéance où le pied cherche en vain un appui et pour, au moment décisif, s'en débarrasser d'une chiquenaude et partir ; non, certes, elle n'était point de ces femmes redoutables ! Elle se laissa docilement rayer des listes de sa profession et installer dans un pavillon ; et, croyez-moi, elle y restait bien sagement sans jamais tenter de s'échapper, hé oui ! Lorsque, gagné par l'ennui, je me suis mis à accorder des regards aux autres femmes, ne voilà-t-il pas que c'est elle qui s'inquiète presque en se demandant si je n'allais pas l'abandonner définitivement. Il n'y aurait que cela, passe encore !

« Mais depuis qu'elle avait quitté son état de geisha, un mois, deux mois… Les jours s'écoulaient progressivement et elle adoptait, tant dans sa mise que dans sa mine, un curieux style de femme convenable pour, en fin de compte, prendre plaisir à arborer je ne sais quel emblème d'association de femmes patriotes. Le doigt qui pince un *shamisen*[8], le fard discret, le nœud provocant de l'*obi*[9], le négligé nocturne, tout ce qui fait la *rai-*

---

8. Instrument de musique à trois cordes.

9. Large ceinture d'étoffe enroulée trois fois autour de la taille et serrée dans le dos par un nœud volumineux.

son d'être [10] de cette sorte de femmes en marge, eh bien, voyez-vous, elle travaillait laborieusement à s'en dépouiller peu à peu !

« A voir, par exemple, les *kusa-zôshil* [11] de jadis, on a l'impression qu'il a pu en être autrement mais, vous me l'accorderez, parmi les geishas et filles de joie d'aujourd'hui, celles qui, en un mot, ne sauraient vivre d'autre vie que déréglée et dissolue se signalent singulièrement par leur rareté.

« Rappelez-vous la chanson de Carmen :

Le ciel ouvert, la vie errante.
Pour pays l'univers, pour loi la volonté,
Et surtout la chose enivrante.
La liberté ! la liberté !
Là-bas, là-bas si tu m'aimais
Là-bas, tu me suivrais...

« Par la suite, elle entraîne un jeune homme de bien dans une bande de malandrins et lui fait renier sa patrie, ses parents et sa maison et son honneur.

« Mais reprenons notre affaire et venons-en à ma geisha de si enviable réputation : à peine sa situation matérielle s'était-elle un peu stabilisée que déjà la voilà qui tripote sans arrêt son livret de banque et qui marmonne jusque dans son sommeil : “Dites, pour acheter des actions de la Compagnie nippone des messageries maritimes, comment dois-je m'y prendre ?” Vraiment, on ne laisse pas que d'être surpris ; n'est-ce pas ?

« Les Italiens du Sud charrient dans le sang de leur race un atavisme irréductible et intraitable, fort comme le destin, qui les arrache aux barrières d'une civilisation au rythme mesquin de laquelle ils ne peuvent se plier ; et

10. En français dans le texte.

11. Romans légers illustrés de la période d'Edo (la période de deux siècles et demi, qui précède la révolution, ou restauration de Meiji en 1868).

l'on dit – n'est-il pas vrai ? – qu'on voit encore là-bas des bandits du vieux style parcourir les montagnes. Les professionnelles du Japon ne se lancent pas, elles, dans des affaires au-delà des mers ; elles seraient plutôt assez dociles pour être l'objet de semblables affaires. Les gens de religion et consorts prennent un air grave et semblent se faire beaucoup de soucis, pourtant la *sancta simplicitas* et la passivité naturelles à nos braves dames japonaises de profession infâme les rend, pour qui veut entreprendre de faire leur salut, immédiatement accessibles à une telle entreprise. Considérez ce que vous et moi accordons de liberté à un chien domestique – savoir, le laisser dormir quand il a sommeil et le faire manger quand il a faim ; il vous suffit d'adopter ce minimum de dispositions libérales et vous verrez que les marchandes de plaisir du Japon tout entier sont susceptibles, toutes autant qu'elles sont, d'être transformées en femmes parfaitement rangées. Aussi, devant un monde du plaisir constitué de femmes aussi bonasses, comment voulez-vous que je ne finisse pas par en avoir assez ?

« En somme, dans quel but allons-nous, quittes à lutter même contre notre conscience, nous livrer dans de mauvais lieux à des actions discutables ? Ce qui nous pousse, n'est-ce pas l'espoir de faire sans retenue des choses qu'une société rigoriste, une famille honorable ne nous laissent pas libre de faire ? Mais qu'en est-il dans la réalité ? Vous-même, mes amis, votre expérience vous l'enseigne : quelle que soit l'auberge, quelle que soit la maison de rendez-vous où vous vous rendiez, quand sonnent les douze coups de minuit, vous n'avez même plus le droit de rire à haute voix. A ce compte-là, mieux vaut encore rester chez soi ; on est autrement plus libre ! Et si, faisant silence, vous vous apprêtez à passer toute une nuit à siroter tout doucement, la servante fatiguée ne tarde pas à faire grise mine.

« Vous liez-vous enfin intimement avec une geisha déterminée, c'est dans ce monde-là, une sorte de mariage officiel ; on dit de vous : “C’est M. Un tel, vous savez, le client de la grande sœur Une telle...” et il devient fort malaisé de se procurer une femme nouvelle. Quant à celui qui a l’audace d’enfreindre cet interdit, il se voit flétrir du nom de “balayette”. Ha, ha, ha, ha, ha ! Eh bien, s’il faut s’appliquer à observer rigoureusement les règles d’une *monogamie* [12] aussi stricte et des lois du même genre, franchement, en quoi peut-on encore appeler ça s’amuser ? “Justement, ce sont là des souvenirs d’habitudes de jadis qui nous rappellent le bon vieux temps d’Edo [13]”, raffineront peut-être des connaisseurs. Mais dans ce cas, le téléphone, l’automobile, le cache-col, le demi-coat nous fabriquent aujourd’hui des geishas un peu trop modernes. Quant à moi qui suis homme à m’amuser tout une vie, si j’en décide ainsi, j’en suis arrivé inéluctablement, devant l’étroitesse et la banalité de ces conceptions, à comprendre que rien ne valait mieux que de cesser de s’amuser. Malheureusement, dans la société de ce pays de civilisation simpliste, en dehors de ces lieux de bas étage qu’on nomme maisons de rendez-vous, point n’existe de *galanterie* [14] ni de *flirtage* [15] pour emprunter ce vocable moderne par lequel on désigne ce domaine aventureux où l’on s’essaie, d’un sexe à l’autre, à cette joute spirituelle et cultivée des sentiments.

« Alors que faire ? Pratiquer le sport, équitation ou chasse ? Mais nos plaines sont trop étroites. S’adonner aux plaisirs des lettres et des arts ? Mais la pression des bonnes mœurs se fait trop puissamment sentir. Reste la peinture de *dilettante* [16] et les esquisses où l’on saisira, parcourant les provinces, la beauté des sites célèbres de notre terre natale ? Mais pour cela, les terrains militaires

---

12. En français dans le texte.
13. Ancien nom de Tôkyô.
14. En français dans le texte.
15. *Sic*.
16. En français dans le texte.

des armées de terre et de mer ont poussé à l'excès de tous les côtés. Pour les voyages en automobile, les routes manquent encore. Pour la pêche à la ligne, les fleuves et rizières de nos cités ont vu leurs poissons décimés par les fabriques. Vraiment, quelle pitié que tout cela !

« Prétendra-t-on s'installer plutôt dans une vie retirée, se contentant des joies que réservent la poésie, le haikai [17], les jeux, de l'encens et du thé l'*itchû,* le *katô* et l'*utazawa* [18] ? Là encore, les assauts de cet « esprit de renouveau pour la construction d'une nation nouvelle » – esprit de renouveau qui a fait abattre les arbres antiques, combler les voies d'eau, élever des digues, qui n'aura de cesse avant d'avoir totalement transformé nos cités en un "champ de carnage infernal" – se révèlent par trop véhéments.

« A tout le moins nous reste-t-il, quand l'occasion s'en présente et lorsque bon nous semble, de distiller quelque propos désobligeants, mais c'est tout. Sans me limiter au moderne *high collar* [19] ni au style d'Edo ancienne manière, je n'hésite pas à affirmer que pour ceux que leurs penchants attirent vers les arts délicats et aristocratiques du divertissement, ces *gentlemen* spécialistes de la débauche que le romancier Marcel Prévost entre autres nomme *voluptueux* [20], il n'est point somme toute d'époque aussi douloureuse. »

Le thème de la conversation, à propos de « nation nouvelle », changea soudain, et toute l'assistance se mit à discuter de la révolution chinoise.

Avril 1912

---

17. Courte poésie de trois vers, souvent humoristique.
18. Les trois mots désignent différents genres de musique.
19. En anglais dans le texte.
20. En français dans le texte.

Feu d'artifice

(Hanabi)

– Juillet 1919 –

J'allais prendre mes baguettes pour déjeuner quand quelque part se fit entendre le bang d'un feu d'artifice. C'était une de ces journées couvertes, quand la saison des pluies approche enfin de son terme. Un vent frais agitait sans trêve le store de ma fenêtre. Je jetai un coup d'œil : à chaque auvent des maisons alignées dans l'étroite ruelle, on avait sorti le drapeau national. Le seul endroit sans drapeau, c'était la grille de ma maison. Je me rappelai seulement alors que la ville de Tôkyô célébrait juste aujourd'hui la paix qui mettait fin à la guerre européenne[1].

Une fois mon repas terminé, et dans l'intention d'achever le tapissage des parois de placards, que j'avais entrepris la veille, je relevai ma manche droite en la nouant de biais à l'aide d'une serviette et je pris une brosse.

Ç'avait été tout à la fin de l'année dernière, le jour où la neige s'était mise à tomber en flocons épars ; depuis ce jour-là, où j'avais déménagé dans cette ruelle écartée, je me préoccupais assez de l'état des parois de placard dont la terre s'effritait, mais six mois déjà avaient passé, insensiblement, sans que j'y fisse rien.

Certaine année, lorsque dans ma maison vivait ma mère encore, vigoureuse, et que s'y trouvait aussi ma femme, il m'est arrivé, tout en m'exposant aux doux

---

1. Le traité de Versailles, signé le 28 juin 1919. *(K.)*

rayons de soleil du petit printemps de novembre, de renforcer d'une doublure la couverture des livres de ma bibliothèque. Depuis lors, je me suis mis peu à peu, lorsque le désœuvrement me gagnait, à faire des travaux de collage. Avec l'âge apparaissent progressivement d'étranges manies.

J'étais là avec des bouts de papier sur lesquels je m'exerçais d'ordinaire à la calligraphie, des morceaux de manuscrits abandonnés je ne sais quand, de vieilles lettres d'amis, etc., et, non sans les relire feuille après feuille avec une vive curiosité, j'avançais le tapissage de mes parois de placard. Des fusées s'élevaient continûment.

Cependant dans la ruelle il règne un calme presque insolite. Alors qu'au moindre événement dans la grande rue aussitôt le bruit des portes à claire-voie qui s'ouvrent de tout côté se double de celui d'une course de *geta,* aujourd'hui par exception l'on n'entend ni les voix bruyantes des enfants ni les bavardages des commères du voisinage. L'écho de la lime du doreur à l'extrémité de la ruelle s'est tu également. Certainement, tous sont sortis, du côté de Hibiya ou d'Ueno j'imagine. Le bruit du feu d'artifice m'a fait tendre l'oreille, et je perçois aussi faiblement des voix de gens qui crient. En lisant les manuscrits collés sur les parois j'ai ressenti soudain combien ma propre existence est éloignée du monde. Bien qu'il s'agisse de moi, la chose me paraît drôle ; j'en éprouve aussi comme de la tristesse, de la solitude. La raison n'en est point que j'aie cherché particulièrement, de propos ferme et délibéré, à m'écarter du monde ; non, c'est insensiblement, sans que j'y prenne garde, que j'ai fini par devenir le solitaire que voici. Entre le monde et moi, il n'y a plus maintenant la moindre relation directe.

Le vent frais agite sans trêve le store sale de ma fenêtre. Le ciel couvert semble à travers le store encore plus blafard, comme dans un rêve. L'écho du feu d'artifice s'est animé peu à peu. Et je songe... Ecoles et fabriques sont en congé, à tous les carrefours se dressent des arcs de verdure décorés de branches de cryptomère, aux boutiques de la grande rue on a tendu de larges rideaux rouges et blancs et accroché des drapeaux et des lanternes, à la première page des journaux paraissent des panégyriques rédigés dans un style sinisant de lecture difficile, un flux de gens s'achemine vers Hibiya et Ueno. Si cela se trouve, les geishas font un défilé. Le soir venu, il y a une retraite aux lanternes. Et puis des enfants et des vieilles femmes se font piétiner... Voilà le genre d'images d'un jour de fête que mon esprit m'a représenté. C'est là un de ces nouveaux phénomènes que l'âge nouveau de Meiji, prenant modèle sur l'Occident, a entrepris de produire. Par rapport aux célébrations de dieux locaux ou aux expositions d'images bouddhiques dans les pagodes, que le peuple de Tôkyô a hérité innocemment de l'époque d'Edo, ces manifestations diffèrent totalement tant par l'esprit que par la forme. Aux fêtes de divinités tutélaires, les jeunes gens du quartier s'enivrent de saké à pleine panse, et les apprentis et commis peuvent faire festin de riz rouge ; dans les festivités du nouveau type se dissimulent souvent des arrière-pensées politiques.

Alors j'évoquai distraitement les nouveaux jours de fête dont, depuis mon enfance, le souvenir m'était resté.

En février de Meiji 23 (1890), il y eut la fête pour célébrer la promulgation de la Constitution. C'est, je ne crois pas me tromper, la première des fêtes à caractère public que je me rappelle. Si j'essaie de faire le compte, c'était au printemps de mes douze ans et j'habitais alors dans la maison de Koishikawa. Bien qu'à cause du froid je n'eusse pas quitté la maison, je sais pourtant que la coutume des processions de lanternes a pris naissance ce jour-là. C'est aussi en cette circonstance, si je ne me trompe, que pour la première fois, le peuple a appris à acclamer l'Etat au cri de « *Banzaï !* » – oui, je crois bien m'en souvenir. En effet, mon propre père, qui travaillait à l'époque à l'Université impériale, était sorti ce soir-là avec des sandales de paille aux pieds, un cordon rouge croisé sur les épaules de son veston, une lanterne rouge à la main, et il était rentré tard dans la nuit ; il avait alors raconté qu'à la tête d'une troupe nombreuse d'étudiants, il avait tourné dans les rues jusqu'au pont Double et qu'ils avaient lancé là un triple « *Banzaï !* » ; il avait parlé de pays lointains expliquant que ce mot de *banzaï* imitait je ne sais plus quel terme anglais et que c'était en Occident une habitude, chez les savants et les étudiants, de faire des défilés en diverses occasions. Tout cela pourtant avait pour moi un petit air de drôlerie, et je n'en compris pas très bien la signification.

A vrai dire, au matin de cette journée, depuis la véranda de notre maison de Koishikawa perchée sur la bordure du coteau, et par-delà la palissade, j'avais vu toutes sortes de bannières et d'oriflammes circuler dans la rue ; et, à en juger par les caractères inscrits sur les bannières et oriflammes, entre les pèlerinages que j'avais coutume de voir, tel celui du mont Fuji ou celui d'Oyama, et le défilé d'aujourd'hui, il y avait une complète différence de nature ; cela, au moins, j'avais su le comprendre, dirait-on.

Dans la ville d'Otsu, le prince héritier de Russie fut sabré par un policier. Il semble qu'effectivement, le bruit de cette affaire agita le pays tout entier et fit frémir d'effroi la ville et la campagne : tout enfant que je fusse, je me souviens d'avoir ressenti une terreur indéfinissable. Des rumeurs coururent alors, selon lesquelles Katô Kiyomasa aurait été encore vivant en Corée, ou bien que Saigô Takamori se serait caché en Hokkaidô et viendrait sauver le Japon[2]. Et pareils dires sans fondement avaient je ne sais quoi de vaguement redoutable et agitèrent également nos cœurs d'enfants. A évoquer ces faits maintenant, j'ai le vague sentiment que dans le Tôkyô de cette période, tout comme à l'époque d'Edo lorsque coururent les rumeurs sur les bateaux noirs, il régnait une atmosphère assourdie et grisâtre, et que, hormis le son calme des sandales à neige des passants et les aboiements solitaires des chiens, on n'y entendait rien que le bruit du vent d'ouest agitant les arbres.

Fêtes et troubles publics se ressemblent singulièrement par le tumulte qu'ils font dans le peuple.

L'été de ma seizième année, je fréquentais le bassin de nage sur la rive de la Sumida. Un soir que j'étais dans l'eau, je vis un vendeur de journaux qui courait dans la rue le long du rivage en annonçant à la criée un numéro spécial. C'était le commencement de la guerre sino-japonaise. L'année suivante, j'étais en cure à Odawara, dans la clinique Onishi, lorsque fut conclu le traité de Shimonoseki[3] ; mais, à l'intérieur d'une clinique écartée de la capitale, même les cris de cette fameuse fureur suscitée par la rétrocession du Liao-Tung ne propagèrent nul écho. Pour ma part, j'entendis seulement, certain matin, l'assistant de la pharmacie lire à haute

---

2. Katô Kiyomasa (1562-1611) : célèbre général de Hideyoshi, chef militaire des deux expéditions japonaises en Corée (1592 et 1597). Saigô Takamori (1827-1877) : après avoir joué un rôle important dans la restauration de Meiji dont il fut l'un des principaux partisans, il se tourna plus tard contre le nouveau régime et dirigea de sa province de Satsuma, au sud du Kyûshû, une rébellion que le gouvernement finit par vaincre en 1877. Loin d'être considéré comme un traître, Saigô est toujours resté une figure très populaire de grand héros romantique. – L'« incident d'Otsu » eut lieu en mai 1891. *(K.)*

3. Signé en avril 1895, ce traité mit fin à la guerre sino-japonaise (1894-1895). Entre autres réparations, la Chine cédait au Japon la péninsule de Liao-Dong (Liao-Tung), mais la France, l'Allemagne et la Russie forcèrent le Japon à y renoncer, ce qui entraîna de nombreuses manifestations de mécontentement dans le pays. *(K.)*

voix l'éditorial d'un journal, et ce fut tout. La maison Hakubunkan avait entamé vers cette époque la publication de la *Bibliothèque de l'empire*, et, en commençant par le *Taikô-ki*[4] du premier tome, j'en lisais successivement les volumes avec une ardeur passionnée. Cette vieille gare d'Odawara où, l'été, les pruniers mûrissent et où les mandarines se colorent en hiver ne m'a rien laissé d'autre que le souvenir le plus paisible et le plus heureux de mon existence.

En Meiji 31 (1898), la fête du trentième anniversaire du changement de capitale fut célébré à Ueno. Comme je me souviens que les cerisiers étaient en fleur, c'était certainement au début d'avril. On raconta que dans la grande avenue, à l'extérieur des barrières officielles, nombre de gens moururent piétinés.

En Meiji 37 (1904), j'appris l'ouverture des hostilités russo-japonaises alors que j'étais à Tacoma, en Amérique. Lorsque j'eus en main le numéro spécial, je ressentis bien entendu une impression très vive ; mais c'était là une impression extrêmement heureuse. Je doutais fort que l'ennemi extérieur vienne comme au temps de Koubilaï Khan pour ravager les champs de notre sol natal et pour tailler nos frères en pièces. Même dans le cas très improbable d'un grand désastre, j'avais le sentiment que ni l'esprit de la civilisation moderne, ni le jeu des relations internationales ne permettraient qu'un pays isolé soit réduit à un état aussi misérable. Je me figurais en effet que dans la foi chrétienne et dans l'esprit des lois héritées de Rome, il résidait une force suffisante pour qu'on pût faire fond sur elle. Et quand bien même ce serait la guerre, me disais-je, l'homme n'en est pas moins homme, et il n'était pas possible qu'on osât commettre un crime tel que l'Allemagne en a bel et bien perpétré cette fois-ci envers la Belgique. Somme toute, à

---

4. Les « chroniques du connétable », c'est-à-dire Toyotomi Hideyoshi (1536-1598). *(K.)*

la vue du numéro spécial, je fus certes impressionné, mais je ne sentis pas mon cœur oppressé au point de m'affliger incontinent sur le sort de mes parents. A plus forte raison quand toutes les nouvelles sans exception annonçaient des succès. Je dus à la prospérité qui suivit la victoire de m'attarder paisiblement sous des cieux étrangers ; aussi terminai-je l'année trente-huit dans une ignorance complète des événements et en particulier du détail de ceux du milieu de l'été, lorsque la population de Tôkyô brûla commissariats et églises chrétiennes et que de son côté la police tailla du sabre dans cette population[5].

En Meiji 44 (1911), époque où je travaillais à l'université Keiô, je vis de temps en temps, alors que je m'y rendais, une file de cinq ou six fourgons cellulaires tirés par des chevaux, qui roulaient en direction du tribunal de Hibiya. De tous les événements publics dont j'avais eu jusque-là connaissance, aucun ne m'avait inspiré répugnance aussi indicible. Moi, en tant qu'homme de lettres, comment rester silencieux à propos de cette question d'ordre idéologique[6] ! Pour avoir crié justice lors de l'affaire Dreyfus, le romancier Zola ne s'était-il pas réfugié hors de sa patrie ? Pourtant ni moi ni les autres hommes de lettres de l'époque n'avons rien dit. J'eus confusément l'impression de ne pouvoir supporter les tourments de ma conscience. Et je ressentis une honte extrême de ma condition d'homme de lettres. Dorénavant, pensai-je, il ne me restait pas d'autre voie sinon que d'abaisser la qualité de mon art au niveau de

5. En septembre 1905, l'annonce de la signature du traité de Portsmouth qui mettait fin à la guerre russo-Japonaise (1904-1905), provoqua de violentes manifestations de protestation au Japon car ce pays, malgré sa victoire militaire, ne recevait qu'une faible partie des réparations demandées. *(K.)*

6. Allusion au célèbre Taigyaku-jiken (l'affaire de la Grande Trahison), autrement dit l'affaire Kôtoku (voir ci-dessous, « Commentaires », p. 114 s.).

celui des divertisseurs d'Edo. A partir de cette époque, je commençai à accrocher une tabatière à ma ceinture, à collectionner les estampes et à jouer du *shamisen*. Pour les auteurs de divertissements ou pour les maîtres de l'*ukiyo-e* de la fin de l'âge d'Edo, peu importait que les bateaux noirs arrivent devant Uraga ou qu'un grand conseiller soit assassiné à la porte Sakurada : de semblables faits, la plèbe n'avait pas à connaître – bien mieux, on n'en devait faire mention qu'avec la crainte respectueuse qui s'imposait ; ayant ainsi composé leur attitude, ils écrivaient ou peignaient des œuvres érotiques, et les dispositions intimes qui les animaient en ces instants, loin de me scandaliser, m'apparurent soudain mériter bien plutôt mon respect.

C'est ainsi que, un jour de l'an 2 de Taishô (1913), je prenais une leçon de *shamisen* chez une femme dont la maison était située dans une ruelle proche de la rive du fossé Yamashiro. Bien qu'il s'agît d'une ruelle, il y avait là une petite porte en guichet, un jardinet et, près d'une vasque en pierre, un vieux camélia inattendu ici, que visitaient mésanges et rossignols. Dans le fond des ruelles encombrées de constructions qu'on voit par toute la ville, il arrive de rencontrer en des lieux imprévus de paisibles retraites et des oratoires d'Inari, ignorés des hommes. Ce jour-là, soudain, un grand tapage envahit la ruelle. Après un bruit de course rapide sur les planches du caniveau, on entendit aussi le cliquetis que font les sabres au ceinturon des policiers. Etait-ce pour cela ? L'espace d'un instant, on n'entendit plus même l'écho des machines à imprimer du *Journal du Centre*, comme s'il s'était effacé. J'ouvris le portillon et m'essayai à sortir furtivement la tête. Quatre ou cinq hommes à l'allure de garçons laitiers, avec de simples *tabi* aux pieds, un maillot de corps sur le dos et une serviette tordue nouée autour du crâne, avaient enfilé la ruelle et déboulaient en direction de la rive du fossé. Après leur passage, je vis un livreur de repas à domicile qui, près de la porte de service de la maison d'en face, rapportait la nouvelle qu'on avait mis le feu au *Journal de la Nation*[7]. Je me hissai sur la pointe des pieds pour mieux voir. Mais comme je n'apercevais pas la moindre fumée, je rentrai dans la maison où, étendu à même le sol, je me laissai glisser dans la sieste. C'était à cause de la boîte à braises qui répandait exactement le degré de chaleur adéquat. Quand j'eus fini de dîner, il était plus de huit heures du soir ; je voulais rentrer chez moi avant qu'il ne fasse trop froid, mais, comme j'arrivais au pont Sukiya, je vis le commissariat de police qui brûlait. Il n'y avait pas de tramway. La grande rue de Ginza, pleine de badauds, était plus animée encore qu'à l'époque du marché de l'An. A tous les carrefours, les postes de police étaient la proie des flammes. Au beau milieu de la rue, il y avait des bidons d'essence qu'on avait lancés là.

A Hibiya, j'eus mon chemin coupé par une haie noire de policiers qui barrait la rue. Des émeutiers, disait-on, venaient juste de lancer des pierres contre la préfecture de police. J'obliquai en direction du quartier de Sakurada-Hongô. Je me rappelais en effet que, lors des troubles de Meiji 38, un grand nombre de gens avaient été sabrés par les policiers. Une fois dépassé Toranomon, je trouvai enfin un pousse dans lequel je montai. Au sortir de Kasumigaseki, complètement obscur, je voulus prendre par le quartier de Nagata, mais là aussi, la circulation était interdite par des détachements de militaires qui gardaient les résidences des différents ministres. Je rebroussai chemin vers la côte Miyake, je tournai par le boulevard Kôjimachi, et lorsque j'atteignis ma maison, à l'autre bout d'Ushigome, il était déjà minuit passé.

---

7. Il s'agit des violentes manifestations populaires de février 1913, qui protestaient contre la Constitution, au mépris des règles du jeu parlementaire, du troisième cabinet de Katsura qui dut d'ailleurs finir par démissionner. *Le Journal de la Nation (Kokumin-shinbun)* était considéré comme un porte-parole du gouvernement. *(K.)*

Après tout cela tout rentra dans le calme.

On arriva en Taishô 4 (1915), et je me souviens que c'était déjà à peu près la mi-novembre. Les journaux de la capitale annonçaient qu'au jour de la fête organisée pour célébrer l'intronisation de l'empereur, toutes les geishas de Tôkyô, déguisées à leur fantaisie, iraient en cortège jusqu'au pont Double où elles crieraient en chœur : *« Banzaï ! »* Les défilés qui, à chacune de ces fêtes nationales et sociales, conduisent sans faute jusqu'au pont Double les enfants des écoles primaires, ont commencé, si je ne m'abuse, après mon entrée au collège. Il en est de même de l'obligation que les préfectures d'arrondissement ont faite, même aux échoppes de ruelles, d'avoir à accrocher le drapeau national : elle ne doit pas remonter à plus de vingt ans en arrière. Le dernier succès de cette pédagogie des bureaucrates était donc de faire trotter les dames dont l'état est de vendre leurs charmes sous les apprêts de la poudre et du carmin, et de les faire défiler en plein jour dans les grand-rues. Devant les tendances actuelles, on ne sait vraiment que dire, sinon qu'elles sont étranges. Le jour venu, le cortège des geishas fut bousculé par les badauds venus en foule pour le spectacle et, sans que policiers et membres du service d'ordre y pussent rien, tout s'acheva dans une confusion épouvantable. Le soir même, j'entendis divers récits de la bouche de gens qui avaient assisté à la scène. Au début, la foule des curieux se tenait tranquillement de part et d'autre de la voie, et attendait la venue du cortège, mais la masse toujours plus nombreuse de nouveaux arrivants poussait peu à peu les autres vers l'avant ; lorsque le cortège avança, la pression se fit telle que la masse jaillit d'un seul coup de part et d'autre de la rue et enfonça les rangs des geishas. Dans la confusion invraisemblable du cortège et des spectateurs mêlés, la vertueuse indignation d'un peuple envieux du luxe habituel aux geishas se combina à des instincts plus barbares et plus bas, et il s'exerça là, en plein jour, en pleine foule, sans retenue aucune, de monstrueuses et infâmes violences. Comme les geishas, poussant des cris de terreur, se sauvaient de justesse en s'engouffrant dans le Théâtre impérial ou dans les bâtiments des compagnies voisines, la foule, telle une meute de loups, se jeta à leur poursuite, brisant les portes des immeubles et lançant des cailloux dans les vitres. Ce jour-là, dit-on, plusieurs geishas auraient disparu ; d'autres se seraient évanouies ou seraient devenues folles à la suite des outrages subis. Toutefois, leurs guildes gardèrent sur ces faits le secret le plus total, et l'on a raconté qu'elles levèrent discrètement parmi leurs membres des cotisations pour aider les victimes.

Dans les fêtes d'autrefois, il y avait des querelles de joueurs, dans celles d'aujourd'hui, on piétine les femmes.

Ce qui suit se passa en l'an 7 de Taishô (1918), à la mi-août, quatre ou cinq jours après le Risshû [8]. C'est, de toute l'année, le moment où la chaleur est la plus forte. J'avais terminé la composition de la revue *Kagetsu* que j'éditais alors avec mon ami Inoue Aa et, tout en le raccompagnant, j'allai prendre le frais jusqu'à la côte Kagura. Quand je descendis du tramway à Sakanamachi, la grand-rue était bien, comme toujours, animée par l'affluence des gens qui y prenaient eux aussi le frais, mais les marchands des échoppes en plein air semblaient en proie à je ne sais quelle agitation et pliaient déjà les boutiques qu'ils venaient à peine d'installer. Pourtant, nulle averse ne semblait menacer. Mais, à bien regarder, il se faisait un va-et-vient incessant de policiers. Je tournai pour voir dans une rue transversale : les maisons de geishas qui y alignaient leurs auvents avaient toutes sans exception fermé leur porte, éteint leurs lumières, et il y régnait un silence étouffé. Revenu

8. C'est-à-dire le 7 ou le 8 août, date correspondant dans l'ancien calendrier au premier jour de l'automne. *(K.)*

dans la grand-rue, je fis une pause dans une brasserie : là, j'entendis un jeune homme à l'allure d'étudiant raconter qu'on avait brisé des boutiques à Ginza et des maisons de geishas à Shimbashi.

C'est ainsi que j'eus connaissance des émeutes dues à la hausse des prix du riz[9]. Le lendemain, les articles de journaux qui y faisaient allusion étaient censurés. Plus tard, j'appris par des conversations que les émeutes commençaient toujours le soir après la fraîche. A cette époque, il y avait tous les soirs un beau clair de lune. Lorsque je sus que les émeutiers attendaient la fraîcheur et le clair de lune pour aller menacer les maisons des riches, je ne pus m'empêcher de penser qu'il y avait là une sorte de luxe de l'esprit. Les émeutes se poursuivirent pendant cinq ou six jours, puis le calme revint. Justement, la pluie s'était mise à tomber. Je n'avais pas encore abandonné ma vieille maison d'Ushigome ; comme avec cette pluie – la première depuis longtemps – le jardin s'était empli d'un coup du chant des insectes et que la voix du vent soufflait dans les arbustes, je reconnus que l'année s'était vraiment enfoncée dans l'automne.

Bientôt vint la fin novembre : je n'avais plus ma maison, et j'étais sorti sans destination précise à la recherche d'un domicile à louer où je pourrais désormais abriter mon corps malade. En passant le long du parc de Hibiya, je vis un groupe d'ouvriers en bleu de travail, précédés du drapeau de leur syndicat, qui défilaient en bon ordre. Ce jour-là, en effet, on fêtait l'armistice de la guerre européenne. Pour moi qui depuis ma maladie n'avais pas eu de contact avec le monde, quand ce même jour je vis soudain dans les rues

---

9. Ces « émeutes du riz » *(kome-sôdô)*, provoquées par l'insupportable hausse des prix du riz, avaient commencé au début d'août dans une ville de province et s'étaient ensuite rapidement étendues aux grandes zones métropolitaines et à l'ensemble du pays. *(K.)*

de Tôkyô ce spectacle auquel j'avais été jadis habitué en France, d'ouvriers défilant dans leurs vêtements de travail, je découvris combien la société avait changé. J'eus l'impression que mes yeux s'ouvraient.

A propos de l'histoire des émeutes du riz, je n'avais pu me défendre du soupçon qu'elles avaient été déclenchées à la suite d'une de ces manœuvres dont les partis politiques sont coutumiers, mais je sentis dans la vision de ces ouvriers vêtus à l'européenne, dont la troupe défilait calmement, que s'y exprimaient la force irrépressible des temps et la pitié de l'existence. Il y a de cela une dizaine d'années déjà, quand je revis, après une longue absence, le ciel et le sol natals, j'avais sans le chercher réfléchi à divers problèmes ; et maintenant, de nouveau, voici que, sans que je le cherchasse, ils me revenaient à l'esprit. Ces phénomènes réels devant mes yeux signifieraient-ils que le temps était venu de m'éveiller de ce rêve d'une poursuite nostalgique d'Edo, où je m'étais plongé éperdument ces dernières années ? Si d'aventure, il devait en être ainsi, il me faudrait personnellement déplorer cette infortune.

Les fusées du feu d'artifice s'élèvent sans cesse. J'ai déposé ma brosse et, tout en aspirant une bouffée de tabac, j'ai regardé au dehors. C'est un jour d'été couvert, pourtant il fait clair comme en plein midi. De temps aussi propice à méditer sur les choses qu'une calme après-midi d'éclaircie à la fin de la saison des pluies et qu'une soirée légèrement nuageuse de la fin d'automne, il n'en est pas sans doute...

Ecrit en juillet de l'an 8 de Taishô (1917).

Interminablement, la pluie…

(Ame shôshô)

– Janvier 1921 –

Le deux-cent-dixième jour[1] de cette année-là, il y eut, si mes souvenirs sont exacts, une nuit fraîche de clair de lune. Puis, la deux-cent-vingtième journée passa sans qu'on se rappelât pour ainsi dire que c'était aussi un jour néfaste, et la nuit vint après une chaude après-midi d'arrière-saison persistante où seul se déchaînait le chant pressé des cigales. Une fois la nuit venue – et comme pour justifier cette journée néfaste – un bruit de pluie qui commençait à tomber frappa l'oreille à l'improviste, sans pour autant que le vent soufflât au point de déchirer les feuilles de bananier et de coucher au sol asters et amarantes. Je n'ai pas besoin de feuilleter mon journal de cette année-là pour garder ce souvenir aussi net, car la pluie de cette nuit fut le signal d'un brusque changement de saison, et, inquiet de cette fraîcheur interdisant le simple *yukata*[2], je ne me contentai pas d'ajouter à mon vêtement l'épaisseur d'un dessous de kimono, mais il m'arriva même, comme la soirée s'avançait, de jeter sur mes épaules un *haori*[3] doublé. Et comme je n'ai point souvenance, en dépit de ma complexion fragile, d'avoir jamais avant l'équinoxe revêtu un *haori* ni quoi que ce soit de semblable, l'évocation

1. Les deux-cent-dixième et deux-cent-vingtième jours de l'année passent pour amener des typhons.

2. Vêtements de coton, de coupe semblable à celle du kimono, que l'on porte aux soirs d'été.

3. Manteau court à manches larges que l'on passe sur le kimono.

d'un début d'automne[4] où l'air se rafraîchit d'un coup me remet irrésistiblement en mémoire les événements de cette époque.

Quand je dis « les événements de cette époque », cela ne signifie point que mon existence sempiternellement monotone ait été marquée alors par quelque histoire particulièrement intéressante. Simplement, la vie de solitude que jusque-là, durant quelques années, j'avais menée sans y prêter autrement attention et en la laissant suivre son cours m'apparut en définitive devoir être mon lot jusqu'au dénouement. Si désormais, les plaisirs devaient m'être comptés, les peines en retour me seraient aussi épargnées sans doute. J'eus simplement le sentiment, sans raison précise, que ma vie s'en irait vers sa fin pareille à une journée d'automne lourde et sombre, qui va s'éteignant sans que le vent se lève ni que crève la pluie. Je ne serais plus désormais capable, prenant femme et logeant maîtresse, employant servante et nourrissant bête, mettant fleurs à mon jardin, oiseaux à ma fenêtre et cyprins à ma véranda, de recommencer une existence faite de décor et de luxe. Les temps ont changé. Quand on vit des temps où même garçons et fillettes de bonne maison s'engagent avec frénésie dans des mouvements de lutte contre l'alcool et le tabac, aspirer encore à la netteté d'un plateau à tabac épousseté chaque matin, songer à la bonne âpreté d'un thé vert, à l'exact degré d'un saké bien chauffé et à d'autres désirs du même ordre, n'est-ce pas devenu un comble de stupidité ? Que restera-t-il sinon de coudre, ainsi qu'un moine zen sa robe de ses propres mains, et pour son saké de se mettre à l'école des ermites lettrés en allumant soi-même un feu de feuilles mortes pour l'y mettre à tiédir ? Voilà à quel genre de considérations fortuites certaine affaire m'avait amené.

---

4. Le « début d'automne », une des vingt-quatre divisions du calendrier lunaire chinois, s'étend du huitième au vingt-troisième jour du huitième mois lunaire.

Il y a dix ans, écœuré par la stupidité de la femme que je venais d'épouser, je m'en suis séparé[5] ; il y a sept ans, ne pouvant plus souffrir la jalousie soupçonneuse de ma maîtresse, j'ai rompu avec elle[6] et depuis, j'ai vécu et je vis encore seul. Que le cœur m'en dise et, sans attendre, je lance mon pousse vers le territoire des ruelles obliques ; mais, dans ma maison, je ne loge qu'une orchidée, un rossignol et des livres. Depuis qu'un jour, mes intestins et mon estomac ont été attaqués par un mal inguérissable, je me suis bien parfois surpris – par exemple dans les nuits froides où, seul, attisant les braises, je chauffais l'eau de mes remèdes – à souhaiter la présence d'une femme dévouée qui me soignerait, et pourtant, à cette époque, j'étais loin, bien loin encore, de tenir le dénuement de la solitude – comme je le fais aujourd'hui – pour un fardeau irrémédiablement intolérable. En effet, le vague à l'âme et la tristesse des plaintes de l'homme solitaire m'étaient bien plutôt une source inépuisable d'inspiration. J'étais même enclin volontiers à rechercher le vague à l'âme et à quêter la mélancolie. Certaine année que je n'oublierai pas… c'était aussi coïncidence ! vers le deux-cent-vingtième jour. Eveillé en pleine nuit par le bruit d'une pluie torrentielle qui battait la toiture, je crus entendre pleuvoir quelque part dans la maison ; incapable de me rendormir, je me levai et allumai une bougie. Seule une vieille servante était couchée à l'autre bout de la maison, dans l'office, et dans cette vieille demeure ainsi déserte, comme dans une vieille pagode, l'humidité qui suintait des portes et des cloisons coulissantes, des murs et des tatamis frappait les narines avec une acuité parti-

5. Allusion transparente au mariage de convenance que fit l'auteur en 1912, à l'âge de trente-trois ans, et qu'il rompit l'année suivante, après la mort de son père.

6. Allusion, cette fois, à Yaeji, geisha qu'en réalité Kafû épousa après un longue liaison. Ce fut elle qui, de surcroît, rompit avec Kafû, et non l'inverse.

culière. Lorsqu'un vent coulis faisait trembler la flamme de la bougie, mon ombre, semblable à un spectre, se mouvait confusément parmi les scolopendres rampant sur les tatamis, jusqu'au mur où se plaquaient des margouillats. Tout en protégeant la flamme de la bougie avec la manche de ma robe de nuit, je parcourus toute la maison de couloir en couloir et de pièce en pièce, sans négliger aucun recoin ni même un placard, mais je ne trouvai pas trace d'infiltration. Le bruit que, de mon oreiller, j'avais cru reconnaître provenait peut-être d'un trop-plein d'eau dégoulinant d'un chéneau. En dernier lieu, j'ouvris, pour voir, la porte en bois de cryptomère du pavillon communicant dont feu mon père s'était réservé la pièce unique pour en faire sa bibliothèque. La table basse chinoise en santal rouge, le presse-papiers de cristal, le vase de bronze, l'étagère d'ébène ; la pièce, dont la surface dépassait les quinze tatamis [7], était restée dans le même état qu'à l'époque où, de son vivant, mon père s'y adonnait à la poésie chinoise. Sur la table était déployée une feuille à écrire les poèmes ; au-dessus, des lunettes d'écaille, semblant attendre l'arrivée du disparu, dressaient l'une de leurs épaisses branches. L'odeur du camphre à protéger de la vermine les rayons à livres me picotait les yeux, et je la ressentis, moi qui de si longtemps n'étais venu dans cette pièce, comme un reproche envers ma négligence. Je m'assis sur le tabouret de bambou moucheté et, faisant de la main un abat-jour à ma bougie, je contemplai les poèmes calligraphiés sur les planches et les rouleaux accrochés aux quatre murs.

Les arbres de jaspe, tels une fumée,
Couvrent les vagues du soir.
Dans le limpide automne qui s'attarde
Les voyageurs passent et repassent.

---

7. La pièce est assez grande puisque la surface d'un tatami est d'environ 1, 5 m².

Mais maintenant mon village natal
Est semblable à une fumée.
Les oies sauvages ont cessé leurs passages ;
Seuls abondent les vents et la pluie.[8]

Je me borne à transcrire ici une poésie d'un rouleau, qui ne s'est pas encore aujourd'hui enfuie de ma mémoire. Jusqu'à ce que ma bougie se fût consumée et qu'avec le petit jour, le vent et la pluie se fussent apaisés, je restai seul avec moi-même, plongé dans l'agréable rêverie d'une méditation silencieuse.

Le 2 janvier, c'est l'anniversaire de la mort de mon père[9]. Au dernier jour de certaine année, désireux de couper des branches de chinomanthe pour les déposer le lendemain devant sa tombe, je descendis tard dans la nuit en mon jardin que blanchissait un froid clair de lune. En ce temps, j'avais encore l'énergie de coucher immédiatement ces choses par écrit.

La vieille servante qui depuis tant d'années avait servi dans la maison contracta vers cette époque une grippe que l'on dit *espagnole,* je crois, et en mourut[10]. Depuis, comme je ne trouvai point, pour la remplacer, quelqu'un d'aussi probe, je dus moi-même à l'occasion couper mon pain, faire chauffer mon café et aussi déboucher mon vin. Pourtant, cette existence incommode où j'étais plus ou moins mon propre cuisinier ne me fut pas outre mesure pénible, aussi longtemps toutefois que l'inspiration poétique jaillit dans ma poitrine. Lorsque je poussais jusqu'à Ginza[11], je passais d'ordinaire au Seiyô-ken[12] où j'achetais du pain et diverses

---

8. Ces vers sont de Kiang Feng-guan (en japonais Kyô Hô Gen), un poète chinois de l'époque Ming.

9. Le père de l'auteur était mort le 2 janvier 1913.

10. Cette vieille servante, nommée O-Shin, mourut en 1918.

11. L'un des quartiers les plus animés de Tôkyô.

12. Ce magasin, « La Maison d'Occident », était un magasin d'alimentation et de pâtisserie spécialisé dans les produits occidentaux.

conserves avant de m'en retourner. Il faisait ce soir-là le froid pénétrant d'un temps à neige. Les deux livres de pain dont j'avais fait l'emplette semblaient juste sortir du four, car tout au long de mon retour à la maison, elles me tinrent le bras douillettement au chaud, du creux de l'aisselle où je les avais logées jusqu'à l'extrémité de mes doigts. Les alentours du Seiyô-ken s'animaient, quand venait le soir, d'un va-et-vient incessant de geishas. Mais moi, je me remémorai un quatrain du « Recueil poétique » de Shuntô[13], que naguère j'aimais à réciter :

La fenêtre aux six éventails de la maison de thé reste close...
Au sein d'une belle fille un hôte réchauffe sa main.

Et je me dis alors que, même sans disposer d'une courtisane, à marcher serrant mon pain sous mon bras, je me protégeais tout aussi bien du froid, et à cette pensée, je laissai échapper un sourire : oui, pareilles choses pouvaient encore m'arriver.

Que jaillisse l'inspiration poétique et l'existence solitaire échappe à la solitude ; et, dans la misère et la maladie même, si l'on peut se souvenir qu'il est des vers tels que ceux de Lang Che-yuan[14] :

Si voitures et chevaux se détournent de cette retraite,
Rossignols et fleurs ne dédaignent pas la pauvreté.

ou de Po Kiu-yi[14] :

Avec la pauvreté se durcit le cœur de l'homme de bien ;

---

13. Mori Shuntô (1819-1888), lettré japonais connu comme auteur de poèmes chinois, avait été maître de poésie du père de Kafû. Les vers cités sont le premier et le dernier d'un quatrain tiré des « Cent poèmes de printemps » *(Shunshi hyakudai)* ; voici la traduction des vers intermédiaires :
Dans le jardin une pluie fine mouille les dernières fleurs de prunier ;
Le froid du printemps glace les doigts de la joueuse de khène ;
14. Lang Che-yuan (727-780 ?) et Po Kiu-yi (772-846) sont deux poètes chinois réputés de l'époque des T'ang.

Avec la maladie s'élèvent les sentiments de l'homme de cœur.

n'y trouvera-t-on pas encore quelque consolation ? Cependant l'inspiration poétique est par nature chose étrange et mystérieuse ; elle ne vient pas quand on l'invite et ne répond pas davantage quand on l'appelle. Aussi, lorsqu'une inspiration tarie à qui l'on demande l'oubli des misères de la solitude refuse tout secours, alors pour la première fois, le sentiment de mélancolie se mue en extrême détresse. Quant à ce goût de la réminiscence et de la méditation – joies solitaires dont le poète a coutume de se faire gloire – en l'absence d'inspiration poétique, il se réduit à de vaines jérémiades de femme et n'engendre plus guère que récriminations.

Il m'est arrivé, tandis que je marchais par les rues, passant devant des étoffes de Yûzen [15] qui chatoyaient à l'étalage d'un drapier, de détourner mon regard effarouché par les couleurs et de m'éloigner ; parce que je désirais ne plus évoquer la joie des jeunes années qui ne reviennent pas. Il m'est arrivé, tandis que de la maison voisine venait flotter une odeur de fèves en train de cuire, de fermer avec colère les *shôji* [16] de ma fenêtre ; parce que je ne supportais pas de me rappeler le plaisir d'une intimité que naguère j'avais connue moi aussi. Il m'est arrivé, tandis que je descendais dans mon jardin pour y planter des fleurs, que j'attendais un pousse à l'angle d'une rue, ou bien, tout simplement, que je sentais, m'apprêtant à enrouler le store de ma fenêtre, le vent soulever légèrement ma manche, il m'est arrivé d'éprouver tout à coup une émotion semblable à celle du « voyageur qui regagne son vil-

15. Ces étoffes peintes aux dessins riches et colorés doivent leur nom à Miyazaki Yûzenzai qui vécut à la fin du XVIIe siècle et en aurait été le créateur.

16. Les fenêtres japonaises sont faites de cadres coulissant sur des châssis à croisillons où sont collées des feuilles de papier translucide.

lage natal »[17]. Lors, plus que le vent et plus que la lune, et plus que le chant des insectes, il n'est sans doute pour celui qui vit seul rien d'aussi douloureux que la pluie. Un jour, j'ai écrit ceci dans mon journal :

« Cette pluie interminable ne cesse pas et un froid léger me provoque des douleurs abdominales. Au début de la nuit, le vent se lève et souffle la lampe, mais les rêves ne viennent pas. J'ai de vagues réminiscences.

« Nuits de pluie !
Tristesse inexorable
Qui pénètre le cœur
Dans la couche solitaire.

C'est là un chant populaire d'Edo.

« Nuit d'insomnie où le voyageur solitaire n'entend
Que les feuilles du bananier devant la fenêtre de l'hôte.

« C'est un poème du Petit Tou[18] qui court sur toutes les bouches. Encore une réminiscence, de Tou Siun-ho[18] cette fois :

« Minuit devant la lampe, et les choses de dix ans
En un instant, avec la pluie, remontent à la mémoire.

« Ainsi, quand la pluie frappe les fenêtres, coule le long de l'auvent, dégoutte sur les arbres et lave les bambous, son écho l'emporte, pour émouvoir le cœur des hommes, sur le vent qui crie dans les grands arbres et sur l'onde qui suffoque dans les précipices. La voix du vent est voix de

17. Citation d'un poème chinois de l'époque T'ang, Li Yi.
18. Le Petit Tou – c'est-à-dire Tou Mou (803-852) – et Tou Siun-ho (846-904) sont deux poètes chinois de la fin des T'ang.

courroux, la voix de l'onde est de sanglots. Mais la voix de la pluie ne se courrouce ni ne se lamente ; simplement, elle se raconte et elle se confie. Depuis mille générations, le cœur humain reste le même, et qui donc, par une nuit solitaire, en écoutant de son oreiller le son de cette voix, ne se sentirait envahir par la mélancolie ? A plus forte raison le malade que je suis. Qu'il pleuve trois jours durant, et je ressens à coup sûr mes douleurs abdominales ; je devrais vraiment parler de pensers qui arrachent les tripes[19] ! Wang Ts'eu-houei a chanté cela dans un huitain de son recueil "Est-ce la pluie ?"[20] :

Carcasse malade en vérité possède la science de la pluie,
Et je gémis, dos à la lampe, en accord avec le chant des cigales.
Poussière accumulée, feuilles mortes en ce pavillon sans femme ;
Dans les livres en désordre des restes d'encens, ma couche de solitaire.
Peu m'importent des excroissances enflées comme d'énormes gourdes,
Mais comment supporter que des humeurs mélancoliques épuisent mes entrailles desséchées ?
Je n'ai plus qu'à relire autant qu'il le faudra les "Paroles de la Fleur du Sud"[21].

---

19. Jeu de mots sur le sens propre de l'expression (« les douleurs de la dyspepsie ») et son sens figuré (« une inspiration tarie »).

20. Kafû marque une prédilection toute particulière pour cet ouvrage et pour son auteur (? - 1642), poète chinois de la fin des Ming.

21. La « Fleur du Sud » est une ancienne appellation du livre de Tchouang-tseu, devenue d'usage canonique depuis qu'elle lui a été officiellement attribuée par un édit impérial en date de 742. Sa signification (qu'on serrerait de plus près par « Efflorescence » ou « Emanation du Sud ») n'a jamais été explicitée de façon certaine, mais pourrait être en rapport avec une fonction céleste reconnue au maître taoïste. Si le poème fait ici référence au *Tchouang-tseu,* c'est sans

Les hannetons et les serpents qui hantent le puits, voilà le souverain remède.

« Cette poésie me sert de parfait interprète pour décrire une existence de solitaire dans la maladie ; c'est pourquoi je l'ai transcrite ici. »

Cette année-là, la pluie qui, à partir de la soirée du deux-cent-vingtième jour, s'était mise à tomber, avait nettoyé de leurs fleurs sans en laisser aucune les buissons de lespédèze et en avait couché les branchages au sol, mais n'avait pas suffi à abattre les hautes tiges des asters ni les lourdes amarantes. En revanche, malgré deux jours et deux nuits d'une pluie incessante et régulière, le ciel, au troisième jour, ne s'était pas encore dégagé ; il était tellement sombre que les lagénaires et les onagraires commencèrent à ouvrir précautionneusement leurs fleurs dès le milieu de la journée. L'humidité qui imprégnait les choses était paradoxalement plus intense qu'aux moments de pluie battante : le dessus de ma table, particulièrement saturé là où j'appuie ma main quand j'écris, exsudait une rosée, la manche de mon pinceau et le tuyau en bambou de ma pipe poissaient sous les doigts, et le vent qui s'infiltrait par les interstices semblait vouloir décoller le papier détendu des cloisons coulissantes. Avec une santé qui m'impose, jusqu'à l'équinoxe, l'usage du *haori* et du kimono doublé, pour peu que pareille humidité vînt à se prolonger encore un jour ou deux, le recours au médecin devenait inévitable. Carcasse malade, en vérité, possède la science de la pluie. Pourtant, comme mon regard se portait par hasard sur le

---

doute par allusion aux gourdes énormes que son premier chapitre décrit comme des bouées pouvant offrir un moyen d'évasion. [Pierre Faure avait laissé cette note en suspens ; nous remercions M. Christophe Schipper dont l'aide amicale nous a permis de la rédiger.]

shamisen[22] que j'avais laissé, abandonné, dans le *toko-noma*[23], je vis que, par extraordinaire, la peau tendue ne s'en était pas déchirée, et simultanément je sentis – bonheur ! – que mon corps malade m'épargnait alors les habituelles douleurs abdominales. Après ces trois jours où la pluie m'avait emprisonné, je sortis en promenade en direction de Ginza pour me détendre et faire quelques emplettes par la même occasion.

La maîtresse bien-aimée de cet ami qui s'est donné le sobriquet de « Maître-du-Pavillon-des-Billets-Galants », la nommée O-Han, s'en retournait à son ancien état de geisha : c'est la nouvelle que j'appris après avoir acheté à Kyukyo-dô[24] une cinquantaine de « un-pouce-mille-mots » – mon pinceau habituel – et deux paquets de bâtons d'encens, alors que, balançant à mon bras des bouteilles de vin blanc pris au magasin Kame-ya, je m'en allais vers la ligne de tramway du Fossé extérieur.

Par les journées couvertes d'automne, le soir tombe vite. Lorsque j'ouvris la porte de ma maison, à l'auvent, déjà la lampe était allumée. Je débouchai le vin que j'avais rapporté, dînai aussitôt, et sans m'accorder le temps de fumer, pris une feuille de papier à lettre que je dépliai :

Salutations respectueuses.

Depuis l'autre fois, j'ai dépassé les limites du silence de manière impardonnable. Mais vu qu'un peu partout, j'ai multiplié les manquements à mes devoirs épisto-

---

22. Instrument de musique à trois cordes dont la caisse est tendue de peau de chat. Né au début de l'ère d'Edo, c'est l'instrument par excellence de la Ville basse – par opposition au *koto* plus aristocratique mais peut-être moins expressif.

23. Renfoncement pratiqué dans un mur de la pièce du thé ; c'est là qu'on accroche une peinture et que l'on place un bouquet de fleurs.

24. Nom d'une célèbre papeterie de Ginza. Le Kame-ya dont il est question quelques lignes plus loin était un peu le Fauchon de ce même quartier.

laires, au point dans certains cas de ne plus pouvoir même me montrer, je vous prie humblement mais instamment de bien vouloir – considérant qu'ignorance de la civilité est le propre des gens de lettres et gens de rien – me manifester votre indulgence. A vrai dire, depuis une grippe dont j'ai souffert l'hiver dernier, j'ai vieilli considérablement et tout m'est devenu importun ; je n'ai même pas encore avancé d'une phrase le texte pour une nouvelle mélodie de Sonohachi[25] *que vous m'aviez demandé l'an dernier lors du banquet d'inauguration du pavillon des Billets galants ; je rends ainsi sans objet par mon incapacité votre bienveillance toute expresse, et c'est là faute dont je ne sais comment solliciter le pardon. Il va de soi que, ces temps-ci, mon activité de romancier s'est également mise en panne et j'ai beau, une fois épuisés les moyens de me soustraire aux pressions de mon éditeur, lui réclamer avec aplomb un yen pour un caractère, en réalité je me dis bien parfois, un peu anxieux pour mes vieux jours, que cela ne peut plus durer, et j'essaie, plissant mon front en accent circonflexe*[26]*, de m'asseoir*

25. L'une des écoles de *jôruri* (récitatifs dramatiques accompagnés au *shamisen). A* la différence de la plupart des autres *jôruri,* en particulier du *kiyomoto* qu'avait étudié Kafû, et bien qu'il prenne pour thème exclusivement les marches aux suicides, illustrées par le kabuki, il s'est développé en dehors du théâtre. Cette école, fondée par Miyakoji Sonohachi (1750-1770 environ), sombra par la suite dans un oubli presque total. Dans une lettre du 18 octobre 1918, Kafû écrit : « Ce mois-ci, j'ai commencé l'étude du *sonohachi ;* n'est-ce pas un signe que j'entre peu à peu dans la vieillesse ? Bien plus que le *kiyomoto,* son caractère me paraît adapté à mes dispositions intérieures... » – Le *sonohachi* se distingue effectivement de tous les autres styles par son rythme lent et calme, par sa mélancolie un peu sévère, par la discrétion de ses ornements. – On se reportera à l'étude rédigée par Pierre Faure pour les *Mélanges offerts à M. Charles Haguenauer en l'honneur de son quatre-vingtième anniversaire* : « Un genre de *jôruri,* le *sonohachi-bushi* » (Bibl. de l'Institut des hautes études japonaises du Collège de France, 1980, p. 291-303 (N. D. E.).

26. Le japonais dit « en forme de huit » ; ce chiffre est représenté par un caractère dont la forme est à peu près celle de notre accent circonflexe, qui n'existe évidemment pas en japonais.

devant ma table de travail ; mais à peine ai-je écrit une ou deux pages que déjà mon pinceau rechigne et que je ne sens venir que de l'irritation ; alors, en attendant, je décide, invoquant le soin de ma santé, de ne plus écrire pour un temps et je me borne, en relisant pêle-mêle, à l'occasion, les ouvrages pour lesquels ma jeunesse s'était passionnée, à donner un maigre dérivatif à mon désœuvrement. Je me couche, je me lève et je mange, et ainsi de suite, et même cette existence au jour le jour m'est moralement excessivement pénible. En outre, le simple fait de remplacer une corde cassée m'est une corvée, aussi laissé-je mon shamisen *à l'abandon ; quant au rossignol, je l'ai l'autre jour rapporté chez l'oiseleur. Sans parler du Yuraku-za*[27] *ni des diverses salles de concert, même les théâtres de kabuki et les rendez-vous de connaisseurs ne m'ont pas seulement aperçu ces derniers temps ; partant, les occasions m'ont manqué – et c'est bien là mon seul regret – de m'enquérir de vos nouvelles. Je me figurais cependant que, depuis l'autre fois, votre entreprise de restauration du* sonohachi-bushi[28] *allait régulièrement son chemin, mais ce soir, à vrai dire, lorsque rencontrant Mlle O-Han dans la grande rue de Ginza, j'appris qu'elle avait dû déménager du pavillon des Billets galants, j'éprouvai s'il en est la stupeur extrême où peut jeter une nouvelle aussi inattendue. Dans cette grande rue, l'animation est toujours fort grande ; la pluie, de surcroît, menaçait, aussi ai-je tout juste compris que d'ici deux ou trois jours, son autorisation d'exercer l'état de geisha*[29] *lui serait délivrée, mais à part cela, je n'ai rigoureusement rien entendu à la raison de cette affaire. Si, dans l'excès*

27. Théâtre de plus de mille places inauguré en 1908 et spécialisé dans le théâtre nouveau à l'occidentale.

28. *-bushi* signifie « mélodie ».

29. A partir de 1877, les geishas furent placées sous le contrôle de la police à laquelle elles durent demander une autorisation pour exercer leur état.

de mon étonnement et sous couvert d'une lettre d'excuses pour mon silence, je vous accable d'interrogations importunes, veuillez me le pardonner en imputant à travers de romancier ce penchant à s'enquérir des bruits qui courent sur les autres. J'espère aller sous peu m'informer de votre santé et vous prie en attendant d'excuser encore une fois mon silence prolongé. Excusez aussi ce brouillon imparfait.

Le... septembre,
Kimpu Sanjin[30]
respectueusement, à son aîné distingué, le Maître-du-Pavillon-des-Billets-Galants.

Je collais le timbre sur l'enveloppe lorsque fort à propos, la femme de ménage, qui venait débarrasser la tablette à repas, ouvrit la cloison coulissante. Etait-ce parce que j'avais dîné ou parce que la lampe était allumée, ou peut-être encore à cause des persiennes fermées ? Toujours est-il que le fond de fraîcheur de ma bibliothèque me fit l'effet d'être devenu plutôt plus supportable que dans la journée même. Pourtant, la pluie semblait de nouveau s'être mise à tomber ; nul bruit de gouttes ; en revanche, lorsque la femme de ménage, chaussée de socques élevées, partit pour poster le courrier, me parvint à l'oreille, doublant celui de la porte basse et esseulé au milieu du chant fébrile des insectes, le bruit pesant d'un gros parapluie huilé qui s'ouvrait. Pluie silencieuse signifie crachin pareil à de la brume. Crachin de nuit d'automne signifie immanquablement humidité des choses plus intense qu'à la saison des pluies. Aussi, pour protéger des insectes

30. L'un des pseudonymes de Nagai Kafû, Kimpu est l'homophone d'une lecture chinoise de Kanetomi, quartier où naquit l'écrivain ; Sanjin, mot fréquent dans les pseudonymes, signifie « le dilettante ».

mes peintures et mes livres, ranimai-je les braises de mon plateau à tabac et y brûlai de la poudre de pyrèthre ; après quoi je tirai du placard la longue caisse en paulownia et y serrai mon *shamisen*. Par la même occasion, je sortis une malle d'osier tressé où je conservais toutes les lettres de mes amis, et j'essayai d'en extraire les missives du Maître-du-Pavillon-des-Billets-Galants. Par une nuit de pluie, l'homme qui vit seul, hormis ces sortes d'occupations, n'a guère à s'employer.

Maître-du-Pavillon-des-Billets-Galants, c'est le sobriquet d'un certain M. X., l'un des membres du conseil d'administration de la société par actions Y. Comme j'hésite un peu à livrer son identité véritable, j'imiterai ici la façon de dire de ces demoiselles et le désignerai sous le nom de Yô-san [31]. Nous avons lié connaissance pour la première fois il y a quelque vingt ans dans une université américaine. Lorsque Yô-san fréquentait l'université japonaise, il était, en tant que haïkaïste, connu des gens de la partie, et comme maintenant encore, il compose à l'occasion quelques vers bien sentis, si je disais le pseudonyme de haïkaïste de Yô-san, là aussi, assurément, il y aurait des gens pour le connaître et le reconnaître. En revanche, personne, excepté moi, ne doit vraisemblablement être au courant de cet autre pseudonyme : le Maître-du-Pavillon-des-Billets-Galants ; à plus forte raison maintenant que la maison desdits billets galants – encore qu'elle existe toujours – n'est plus habitée par personne, et que désormais, pour Yô-san, les raisons d'user encore de ce nom ont disparu. Dans la lettre que voici, l'origine du pavillon des Billets galants s'explique de soi-même :

---

31. Ce mode d'appellation familière consiste à ajouter le suffixe -*san* (équivalent de notre « monsieur ») à la première syllabe du nom de son interlocuteur.

Salutations respectueuses.

J'ai posé un regard respectueux sur votre nouvel ouvrage alors que je me rendais en voiture à mon travail. Bien que, durant ce bref intervalle, je n'aie guère eu le loisir de lire plus qu'un passage de la première partie, je n'ai pu dès l'abord retenir un cri d'admiration devant le riche brocard de vos phrases, et j'en ai à plusieurs reprises oublié que je me trouvais dans une automobile : on dirait qu'un excès d'occupations aiguise plutôt la réceptivité poétique. En cette saison des feuilles nouvelles et du rossignol vespéral[32]*, j'envie plus que jamais votre existence face à la clarté de votre fenêtre et à la netteté de votre table de travail. Mais j'en viens au fait : il s'agit de la cabane proche du temple du Renard de Toyokawa*[33]*, à Akasaka, au sujet de laquelle, depuis le début de l'an dernier, je vous ai tracassé par mes multiples demandes de suggestions ; le revêtement des murs est enfin sec, et O-Han a abandonné hier Shimbashi*[34] *; et dans deux soirs, j'organise une manière de petite fête où vous retrouverez la compagnie habituelle, si, comme je l'espère vivement, vous voulez bien, en dépit du dérangement que cela vous impose, l'honorer de votre présence. Puisque cette nuit-là, j'invite à boire aussi Miyazono Sensai*[35] *– cela va sans dire – Uji*

32. Variété de rossignol qui chante vers la fin du printemps et au début de l'été.

33. Filiale d'un temple situé à Toyokawa, dans la préfecture d'Aichi. Le culte du Renard *(Inari)*, messager d'une divinité agraire, à l'origine, était particulièrement développé dans les milieux populaires et de la courtisanerie.

34. L'un des plus célèbres quartiers de geishas de Tôkyô, et à l'époque, le plus à la mode.

35. Les chefs de l'école du *sonohachi* portent le nom de Miyazono suivi d'un nom personnel d'artiste dont la première syllabe est toujours Sen-, héritée du nom de Miyazono Senshi, qui, à l'ère Tempo (1830-1843), redonna vie à cette école qui menaçait alors de s'éteindre. Le maître Kafû s'appelait Senshun, et le Sensai cité ici est

Shisen, Miyako Gochû et les autres, il vous faut vous résigner à une réunion où l'on sera pour ainsi dire en famille. Le téléphone sera installé demain dans le courant de la journée et je vous serais infiniment reconnaissant si vous pouviez prendre la peine d'appeler Shiba XX *pour me donner votre réponse.*

Le Maître-du-Pavillon-des-Billets-Galants,
au nord de l'écritoire[36] *du professeur Kimpu.*

P. S. Dans cette pièce de six tatamis, située sous le large auvent, j'ai recouvert, obéissant à mon inspiration, le papier des cloisons à glissières, en y collant de vieilles lettres de courtisanes de Yoshiwara[37] *datant de l'ère Bunka*[38]*, que je m'étais l'an dernier laissé vendre par certain maître de haikai de l'Edoza*[39] *; pour le logis d'une maîtresse, l'idée m'a paru originale. Et c'est pourquoi, j'ai, par un mauvais jeu de mots, nommé cette maison le « pavillon des Billets galants », mais c'est là boutade inepte d'individu profondément inculte, et, dans l'espoir que vos lumières m'apporteront quelque meilleure appellation, j'attends impatiemment notre prochaine rencontre.*

Yô-san est riche mais ce n'est pas un parvenu. Il a de la distinction, il a des lettres, et par-dessus tout, il a du

---

sans doute imaginaire, comme les deux personnages cités ensuite, dont les noms évoquent des maîtres de *jôruri* de deux branches différentes du style dit *itchû.*

36. Formule de politesse ; comme l'écritoire est dirigée vers le sud, le sens de l'expression est « en face de vous ».

37. Le plus fameux des quartiers réservés d'Edo, puis de Tôkyô.

38. Ere Bunka : 1804-1818.

39. Ce terme (« la confrérie d'Edo ») désigne une école de Haikaï créée par Takaraï Kikaku (première moitié du XVIIIe siècle) après la mort de son maître Bashô. Au culte de la nature et à la sobriété de celui-ci, elle préférait un style plus citadin et raffiné.

goût. Dans les lettres qu'il m'adresse, il lui arrive, en fonction de leur contenu, d'user d'autres pseudonymes, et il suffit de les voir pour se rendre compte de l'étendue de son goût et de ses connaissances. Un jour que je lui posais quelque question sur le Carnet du calligraphe Tôkô Genrin[40] qui vécut à Edo sous l'ère Tenmei, Yôsan signa sa réponse « Ringoan Tonshu »[41] ; l'autre pseudonyme de Sawada Tôkô, « Raikin-dô »[42] lui avait sans doute donné l'idée de cette plaisanterie[43]. Une autre fois, lorsqu'il fut victime d'un accident d'automobile, la lettre par laquelle il me remerciait d'avoir pris de ses nouvelles était signée « Tonda Sainan »[44]. Et si la lettre que je reproduis ci-dessous est signée « Hambei », c'est parce qu'il répétait *Querelle d'amour dans les Huit Paysages*[45], et aussi par allusion à O-Han la geisha :

Hier soir, une fois de plus, je vous ai forcé la main pour rester et je vous prie de bien vouloir m'absoudre

---

40. Sawada Tôkô Genrin (1732-1796), issu d'une famille de marchands, s'adonna à l'étude et à la calligraphie pour laquelle il préconise, à une époque où le style T'ang était à la mode, un retour à des sources classiques.

41. « Le modeste occupant de l'ermitage aux pommiers. »

42. « Le kiosque où viennent les oiseaux. »

43. Ces jeux de lettrés érudits reposent en grande partie sur les homophonies d'idéogrammes différents. Ici le *-rin* de Genrin (qui s'écrit avec le caractère « écaille de poisson ») est repris dans le *rin-* de ringo (« pomme », « pommier ») avec le caractère approprié au nouveau sens. De plus, la partie droite du caractère *go* de ringo correspond à l'idéogramme *kin* (« oiseau sauvage ») de *raikin-dô*. Enfin *an* (« ermitage », « cabane ») rappelle *dô* (« kiosque », « pavillon »).

44. Ce nom forgé à plaisir sonne comme un pseudonyme d'auteur léger de l'époque d'Edo, mais, phonétiquement, ce n'est qu'une expression courante dont le sens est : « Sacré accident ! »

45. La plus ancienne des mélodies de *sonohachi* ; ses héros sont Koina, une geisha de la ville d'Otsu, près du lac Biwa, et Hambei, un jeune homme de la classe marchande. Le titre vient de la querelle que Hambei, jaloux d'un client de Koina, fait à cette dernière, et d'allusions aux Huit Paysages de la province d'Omi, mêlées au récit.

pour le désagrément que je sais vous avoir ainsi causé. Un homme qui, déjà proche du cap de la cinquantaine, ne peut se passer d'avoir à ses côtés une fillette dont il pourrait être le père, voilà le comportement dont, sans retenue ni vergogne, je vous ai donné le spectacle, et quand bien même le lieu excuserait la chose, lorsque mon ivresse s'est dissipée, le rouge de la honte m'est monté au front. C'est toutefois dans la pensée que les confidences d'un gentleman libertin pouvaient fournir quelque matière à un brillant romancier pour un ouvrage éventuel que j'ai tout de go répondu à vos questions en vous confessant sans fard mes sottises. Après-demain, une assemblée générale extraordinaire de ma société m'oblige malheureusement à manquer ma leçon à Hanrintet[46]*. J'ai malgré tout la ferme intention de finir ce mois-ci l'étude de la « Querelle d'amour dans les Huit Paysages », et, bien assuré que de votre côté vous vous y adonnez tout entier, je me fais déjà un plaisir de rivaliser avec vous pour O-Hana et Hanshichi*[47].

De la part de Hambei
au professeur Kimpu.

Jusqu'à cette époque, j'aurais beau dire, il me restait encore de la jeunesse d'esprit. Et si, une fois sonnée la quarantaine[48] je ne pouvais – ni pour mon journal, ni pour un essai, ni pour quoi que ce soit d'autre – prendre en main mon pinceau sans me lamenter continuellement

---

46. Nous apprendrons quelques pages plus loin que cette « maison du demi-disque (de la lune) » n'est autre qu'une maison de rendez-vous.

47. Autre mélodie de *sonohachi*, qui raconte la marche au suicide de l'armurier Hanshichi et d'O-Hana qui, déjà promise à un autre, avait noué avec lui des liens amoureux.

48. L'auteur est né en 1879, ce qui lui donne quarante ans en 1918 si l'on compte selon la manière japonaise traditionnelle.

sur l'approche de la vieillesse, n'était-ce pas, tout compte fait, justement là la preuve que je n'avais pas encore tout à fait vieilli ? Tant qu'il reste assez d'énergie pour les plaintes et les récriminations, on ne peut pas dire que l'on soit vraiment désespéré. Et si j'ai pu affirmer, par exemple : « Les geishas d'aujourd'hui, ça ne sait plus jouer ni *shamisen* ni rien ! », de tels propos tenus devant des tiers sans la moindre vergogne ne prouvent-ils pas que l'on avait encore le goût à la chose et que l'envie de s'amuser n'avait pas non plus disparu ? L'envie de s'amuser subsiste-t-elle ? Cela signifie que l'amour de l'étude n'est pas mort non plus, et que bouillonne encore la passion d'écrire. Une fois, après une nuit où j'avais entendu quelqu'un jouer du *sonohachi*, je m'étais moi aussi résolu à tâter de ce vieux mode musical et je m'étais mis à fréquenter la maison d'un professeur de Yagenbori [49]. C'est alors que j'appris, au hasard d'une conversation, que mon vieil ami Yô-san, lui aussi, après s'être adonné aux divers plaisirs du *naga-uta,* de l'*utazawa,* du *kiyomoto* [50], avait en fin de compte abouti au *sonohachi* ; et que depuis deux ou trois ans déjà, il invitait ce même professeur à Hanrin, une maison de rendez-vous de Kobiki-chô [51] où, au retour du travail, il prenait assidûment ses leçons ; nous applaudîmes tous deux à cette coïncidence. Après cela, à l'instigation de Yô-san, je cessai de me rendre à mes cours du matin et me mis le soir à diriger mes pas vers Hanrin, à Kobiki-chô.

---

49. Ancien nom d'un quartier de Tôkyô situé du côté du pont de Ryôgoku.

50. *Naga-uta* et *kiyomoto* sont des formes de *jôruri* et peuvent donc s'exécuter au théâtre ou en chambre. L'*utazawa*, en revanche, chanson à couplets de caractère sensuel et délicat, est une forme du genre *ha-uta*, destiné de préférence à être exécuté dans l'intimité des salons des maisons de thé ou des barques de plaisir, par les geishas ou les courtisanes.

51. *-chô* : quartier. Kobiki-chô est l'ancien nom d'un quartier aujourd'hui englobé dans Ginza.

Les jours de leçon, vers quatre heures et demie sans faute, Yô-san arrivait de sa compagnie, conduit par son chauffeur et, une fois la répétition terminée, il me retenait sans cérémonie, mandait ses geishas favorites et me régalait d'un souper. Puis quand venaient dix heures et demie, avec une belle régularité, il s'apprêtait pour rentrer. Parfois, les soirs de pluie, par exemple, il avait même la complaisance de me ramener en automobile jusque devant ma porte. Parmi les geishas familières du *zashiki* [52] de Yô-san, s'étaient autrefois mêlés des noms du *naga-uta*, du *kiyomoto* et d'autres styles ; mais, comme au moment dont je parle, il n'admettait naturellement que des représentantes des écoles Katô, Itchû et Sonohachi [53], les plus jeunes d'entre elles ne descendaient pas au-dessous de vingt-cinq, vingt-six ans ; on voyait même de vieilles artistes qui déjà avaient moins l'air de geishas que de professeurs de musique. Dans ces conditions, lorsque, vers cette époque, Kohan [54] qui paraissait tout juste dix-huit ans – se montra pour la première fois, elle ressortait à l'excès sur l'ensemble, « touche de carmin sur un buisson de verdure » [55] au point qu'on en était presque gêné pour elle ; et point ne fut besoin de question pour deviner qu'elle était la protégée de Yô-san.

Kohan, c'était d'abord un teint éclatant, un corps grand et robuste : si ses yeux bien fendus, ses sourcils fournis, la belle ligne de son front donnaient aux traits de son visage la netteté d'un relief, ses défauts, en contrepartie – une bouche un rien trop large, une

---

52. On hésite à traduire par un mot trop évocateur d'images européennes ce terme qui désigne une pièce à laquelle les tatamis, la couleur bistre des murs et la pénombre du *tokonoma* donnent une atmosphère si spéciale ; d'autant plus que, dans le cas d'une maison de rendez-vous, le mot se charge d'harmoniques particulières.

53. Plus anciennes que les écoles citées plus haut, ces *jôruri* se signalent aussi par une élégance plus sobre et plus classique.

54. Kohan et O-Han ne sont qu'une seule et même personne.

55. Citation d'un poème chinois de Wang Ngan-cheu, homme d'Etat et poète du XIe siècle.

mâchoire un peu trop forte – attiraient le regard avec autant de force, et sa physionomie quasi dépourvue d'affabilité était a priori inapte à exprimer de la mélancolie. Certes, si l'on décide que la femme sensuelle, à quelque époque que ce soit, est le type à la mode, il faut évidemment ranger aussi Kohan dans cette catégorie. Mais au moment où je sus que Kohan, cette fille à la mode, appartenait à Yô-san, je ne laissai pas à dire vrai d'éprouver quelque surprise. Pourtant, dès que je vis qu'en dépit de son âge et de son allure moderne, elle maîtrisait passablement sur le *shamisen* la manière du *sonohachi* ; cette impression s'effaça tout à fait.

Un soir, après la leçon, j'avais comme à l'accoutumée suivi Yô-san dans l'autre *zashiki*, et nous échangions tous deux des coupes de saké. Nous attendions Kohan et nos geishas habituelles, mais quelques répétitions les avaient retenues au Kabuki-za[56] avec les autres geishas du quartier, et jusque vers neuf heures, aucune d'entre elles ne se montra. Ce soir-là, justement, notre professeur lui-même, invoquant un commencement de grippe, avait dès la fin du cours demandé un pousse et regagné son domicile. Nous nous sentions, Yô-san et moi, avec une simple servante pour nous verser à boire, plutôt libres pour converser, et nous en profitâmes pour échanger nos opinions et discuter sur la valeur musicale des mélodies populaires[57] d'Edo, la place qu'elles pouvaient avoir dans la société moderne et l'avenir – avec ses hauts et ses bas – qui les y attendaient.

Le *shamisen* – est-ce utile de le dire ? – c'est un art délicat et plaintif qui, voici deux siècles, a pris naissance aux quartiers de la prostitution et a atteint déjà là

56. Ce théâtre existe encore de nos jours. La coutume pour les guildes de geishas de donner chaque année une représentation sur une scène date de l'ère Meiji. Kafû raille ailleurs ces manifestations.

57. Le *zokkyoku*, terme qui s'applique parfois à un type déterminé de mélodies, désigne ici l'ensemble des formes musicales nées dans la Ville basse d'Edo.

les sommets de la perfection. Tant que dans la société actuelle durera tel qu'il est ce qu'on nomme « le monde des fleurs et des saules » (cette survivance héritée de la courtisanerie de nos pères), le *shamisen* aura aussi la force de se perpétuer. Le *shamisen*, au même titre que l'*ukiyo-e*[58] et le kabuki, par exemple, n'est pas un art à considérer sous l'angle des idées sur la société et sur la morale qui ont cours aujourd'hui. Ce n'est pas une voix vivante du présent, c'est un murmure du passé qui par là même compose pour les âmes mélancoliques qui l'écoutent des plaisirs et des émotions sans limites, un peu comme font ces vers :

La chanteuse ignorant la honte du pays dominé
Sur l'autre rive du fleuve chantent encore les
Fleurs du Jardin caché.[59]

Voilà en quoi consiste la véritable valeur actuelle des mélodies du peuple d'Edo ! Je ne faisais là que répéter l'opinion que je professe depuis toujours.

De son côté, Yô-san demande à ses distractions de lui faire oublier les fatigues d'un office quotidien, et à ce titre, plus que la contemplation des calligraphies et des peintures – qui mobilise le regard –, la musique – qui s'adresse à l'oreille – offre un secours infiniment facile. Le connétable Toyotomi[60] pratiquait l'art du thé, mais mieux que le thé valait le *jôruri* ; et dans le *jôruri* même, parmi les divers styles, il n'en était point qui surpassât le *sonohachi* le plus apaisé de tous ; l'atmosphère du *sonohachi*, de ses modes à la sensualité lourde et à

58. Ce terme « images du monde flottant » désigne les peintures et estampes qui, durant l'ère d'Edo, prennent pour thème la vie des quartiers de plaisir.

59. Citation d'un poème de Tou Mou. Cf. note 18.

60. Toyotomi Hideyoshi (1586-1598), l'un des grands hommes d'Etat qui créèrent le Japon des Temps modernes. Il gouverna le pays après Oda Nobunaga et avant Tokugawa Ieyasu.

l'élégance classique, c'était, expliquait Yô-san, un peu comme d'entendre en rêve murmurer une belle des *ukiyo-e*. Nos propos à tous deux aboutissaient somme toute au même point : goûter la musique d'Edo comme on chérit des antiquités.

Lorsque la servante, étouffant un bâillement, se leva pour aller renouveler les boissons, Yô-san s'adressa à moi d'un air entendu : « A vrai dire, depuis l'autre jour, je voulais vous entretenir. Voilà, il s'agit de Kohan. Que pensez-vous d'elle ? Fera-t-elle une bonne musicienne ? Je lui fais travailler assidûment le *sonohachi* et je voudrais qu'à la longue, elle puisse éventuellement obtenir le nom et la succession d'un chef d'école. Mais qu'en sera-t-il ? »

Le *sonohachi*, à la différence des autres styles de *jôruri,* n'est pratiqué que par un petit nombre d'adeptes ; aussi, si l'on ne fait pas dès à présent quelque chose, est-il à craindre que tôt ou tard, il ne disparaisse brusquement. Yô-san veut mettre son goût et sa fortune au service de la sauvegarde de la musique ancienne d'Edo prête à s'éteindre, projet qui ne saurait susciter d'objection. Comme, de surcroît, les capacités de Kohan, exceptionnelles pour son âge, autorisent les plus grands espoirs et que je suis le premier à le reconnaître, j'exprimai mon accord à Yô-san qui, tout en vidant lentement une coupe, me raconta alors l'affaire dans le détail.

« Que voulez-vous, arrivé à mon âge, on n'achète plus de geisha par goût de la bagatelle ! Il ne reste que le plaisir de leur enseigner quelque chose, un art, par exemple ! Parce que c'est devant vous je n'hésite pas à lâcher les grands mots : je prétends me comporter, en dépit des apparences, en assez bon moraliste. Je déteste les messieurs bien et les richards qu'on rencontre aujourd'hui ; mais si je déteste les richards, je n'admire pas non plus les socialistes ; et puisque nous ne vivons pas en un monde où les propos sérieux soient d'usage, je préfère en prendre mon parti et je m'amuse chaque soir, de la façon que vous voyez… Bah ! tout cela n'a guère d'importance… Si j'ai bâti des projets, scabreux dans ma position, tels que l'éducation artistique d'une geisha, j'ai pour cela quelques raisons. Jeter des sommes considérables dans des bols à thé ou des *shiki-shi*[61], c'est une débauche ; et inculquer un art à une geisha, n'est-ce pas aussi une forme de débauche ?

« Je me suis jusqu'ici occupé d'un assez grand nombre de personnes ; et je l'ai fait sérieusement ; mais au total, le seul résultat, c'est que j'ai pris conscience du caractère vicié de notre époque. A la vérité, j'ai trois écoliers à la maison ; et mon fils aîné doit aussi, l'an prochain, entrer à l'université. Sous prétexte que je me suis occupé des gens, je n'attends pas d'eux qu'ils me remercient ni quoi que ce soit ; non, d'aussi basses pensées ne m'e£fleurent même pas. L'échec ou le succès ? Voilà des questions auxquelles je ne m'arrête guère. J'attends seulement de mes pupilles qu'ils deviennent des hommes capables une fois pour toutes de parler de façon libre et franche. Ceux dont je m'occupe réussissent tous ; en revanche, leur attitude dans le succès me déplaît, elle, prodigieusement.

« Je tairai le nom, mais l'histoire remonte à sept ou huit ans. J'avais été sollicité, ou bien j'avais moi-même jugé ce jeune peintre riche de promesses, et je lui avais offert une aide financière. Si j'avais pensé qu'il deviendrait peut-être un artiste probe à la façon de Buson[62] ou de Kazan[63], je m'étais lourdement trompé. A peine a-t-il

61. Carrés de carton parfois ornés de couleurs et de motifs pris dans la pâte, utilisés pour la calligraphie ou la peinture.

62. Buson (1716-1783), l'un des plus célèbres haïkaïstes d'Edo, est connu également comme un peintre de grand talent.

63. Watanabe Kazan (1793-1841), homme d'Etat versé tant dans le confucianisme que dans l'étude des choses de l'Occident, fut aussi un peintre très renommé ; c'est l'un de ceux qui introduisirent dans la peinture japonaise la perspective et le réalisme à l'occidentale.

obtenu une ou deux récompenses dans des expositions et commencé à se faire un nom, et le voilà qui, posant désormais au personnage considérable, prend chez lui abondance de disciples, fonde une école et exploite journaux et magazines pour trompetter à tous les vents ses propres louanges. C'est exactement de l'action politique. Mais c'est aussi d'une efficacité redoutable : en moins de dix ans, ce pauvre diable d'écolier s'est transformé en seigneur d'une résidence à en remontrer même à « La Tour d'où peindre les montagnes », de Tani Bunchô[64].

« Il y a un autre de mes écoliers qui a réussi et devant lequel je reste pantois ; celui-là, c'est un pédagogue. A l'époque où il fréquentait l'université, il me demanda un jour de lui enseigner le haiku[65]. Moi qui, par nature, ne déteste pas non plus cette voie, j'allai jusqu'à lui ouvrir ma bibliothèque ; et puis je l'exhortais en lui demandant à l'occasion où il en était, s'il réussissait à composer ; il m'arriva même de lui corriger quelque pièce. Pourtant, plus tard, à la réflexion, je compris que ce garçon n'avait en réalité aucune prédilection particulière pour le haiku : misant sur le fait que je compose une pièce de temps à autre, il aura espéré entrer dans mes bonnes grâces par ce moyen. Quoi qu'il en soit, en homme avisé qu'il était, il n'avait pas plus tôt obtenu sa licence et un poste de professeur dans une école de jeunes filles en province qu'il entrait comme gendre adoptif[66] dans la

---

64. Tani Bunchô (1763-1840) : après avoir étudié les techniques de la peinture traditionnelle et la manière occidentale, il créa un nouveau style et devint chef d'école. Epris du mont Fuji, il baptisa sa demeure Shazan-rô, « La Tour d'où peindre la montagne ».

65. De même sens que le mot « haikai », le terme de « haiku » s'est employé surtout à partir de la fin du XIXe siècle.

66. La législation japonaise autorise cette adoption du gendre. Ce type d'adoption est fréquent lorsque l'absence d'héritier mâle ou le départ d'un fils risque d'entraîner l'abandon du culte des ancêtres, la gêne des parents devenus vieux, la décrépitude d'une entreprise. Ici, les motifs sont moins nobles.

famille d'un riche notable de l'endroit, et, aujourd'hui à la tête d'un jardin d'enfants et d'une école primaire, il jouit d'une fort honorable réputation. Si l'histoire s'arrêtait là, il n'y aurait pas, que je sache, matière à critiquer ; et je devrais moi aussi payer le tribut de mon admiration. Mais j'ai beau faire, ce qui ne me plaît pas, c'est la façon d'agir de ce garçon : il semble considérer les affaires d'éducation exactement comme la direction d'une boutique ou d'une compagnie. Chaque année, il vient à Tôkyô et rend visite à d'influentes personnalités publiques et privées ; la troisième année, il part en Amérique pour ce qu'il nomme un voyage d'inspection, et après une absence d'environ six mois, il se promène partout en multipliant les conférences. Soit ! Jusqu'ici, passe encore. Ce qui me déplaît au suprême degré, c'est ce qui s'est passé l'an dernier ; il arrivait pourtant enfin à quarante ans ou presque : eh bien ! le voilà qui entreprend d'ériger sa propre statue en bronze pour célébrer ses propres exploits ! Si grande que soit la stèle de pierre à la mémoire de Heihachi, « l'empereur du fil »[67], du moment qu'elle est l'œuvre de ses descendants, rien à redire ! Et si l'on se contentait, dans ses débordements, d'élever, par exemple, son propre bronze dans son propre jardin, pas d'objection ! Mais la façon de faire de ce garçon, ce n'est pas ça : c'est d'amener indirectement les pères et frères aînés de ses élèves à sortir leur argent et d'embobeliner les journalistes pour créer un mouvement d'opinion, tout en jouant lui-même l'indifférence ; alors là, ça dépasse les bornes !

« En un mot, la manière dont on arrive aujourd'hui ne me revient pas. Quelqu'un peut échouer et venir m'emprunter de l'argent ; il suffit que son attitude soit sans détours pour qu'il soit le bienvenu. Mais celui dont

67. Tanaka Heihachi (1834-1883), né dans une famille pauvre, fut un des self-made men du nouveau Japon et construisit une fortune considérable.

la réussite, si brillante soit-elle, ne s'accompagne pas de probité et de droiture, m'inspire de l'aversion. Après toutes ces expériences, j'ai trouvé assommant et ridicule de m'occuper des gens avec sérieux. Il n'y a pas, avec tout cela, de relation immédiate de cause à effet, mais tandis que je faisais prendre à Kohan des leçons de *sonohachi* ; il me prit l'idée incongrue de faire de cette fille une artiste au sens où je le conçois. Puisque les entreprises sérieuses où je prenais le monde en considération avaient toutes tourné au fiasco, eh bien ! je me suis dit : "Cette fois, si je formais une artiste !" Les artistes d'aujourd'hui, aussi bien hommes que femmes, ne valent pas grand-chose, vous le savez. Et dorénavant, il n'y a pas de raison d'espérer que se révèlent d'authentiques virtuoses. De plus, ce pauvre *sonohachi,* à la différence du *naga-uta* ou du *kiyomoto,* est dans une telle situation qu'on ne voit vraiment pas qui pourrait succéder aux maîtres actuels lorsqu'ils auront disparu ; c'est pourquoi, si Kohan veut bien se donner entièrement à l'étude de la façon dont je l'entends, eh bien ! mon dévergondage se convertira du même coup – pour parler sentencieusement – en une louable entreprise de conservation des mélodies d'Edo ! »

C'est environ trois mois plus tard que Yô-san conclut les arrangements nécessaires pour libérer Kohan de son état et mit en train la construction de la maison pour l'installer. J'ai sous les yeux une lettre qu'il écrivit à cette occasion :

La nouvelle de votre grippe m'a donné de l'inquiétude, et je veux qu'avec votre complexion délicate vous preniez avant tout – particulièrement en cette saison – grand soin de votre santé. A vrai dire, désireux de recueillir auprès de vous quelques idées, je pensais pouvoir vous rencontrer hier au lieu habituel, mais j'ai appris que vous gardiez le lit, et c'est en regrettant d'être privé de votre compagnie que je vous adresse, sans la relire, cette lettre griffonnée sous l'emprise du saké. Je voulais vous consulter à propos de cette affaire de maison pour ma maîtresse, affaire pour laquelle j'avais, depuis quelque temps, vous le savez, déjà tâté çà et là le terrain ; or, hier, un billet de mon agent immobilier m'a averti que deux maisons à ma convenance étaient à vendre, et en revenant de ma compagnie, je suis allé y jeter un coup d'œil. L'une se trouve à Daichi[68]*, près de la rivière, l'autre à Akasaka, derrière le sanctuaire du Renard de Toyokawa. J'avais d'abord pensé que le quartier de Tsukiji*[69] *serait plus pratique, et j'avais au départ donné des instructions en conséquence, mais comme je n'y ai trouvé encore aucune maison adéquate, et que même l'intérêt le plus vif a, je le crains, tendance à se relâcher si son objet se fait trop attendre, je voudrais recueillir votre avis et décider une fois pour toutes entre les deux possibilités qui s'offrent : Asakusa ou Akasaka. Du point de vue de l'intéressée, si la situation de Daichi présente des commodités, les ragots du voisinage risquent d'être fort importuns ; aussi bien que l'emplacement ne soit pas très bon, penche-t-elle plutôt pour Akasaka. La maison à vendre d'Akasaka a un vieux jardin et des arbres, mais le bâtiment proprement dit est, à mon avis, tout juste bon à démolir. Dans le cas de Daichi, il suffirait sans doute de remplacer les cloisons mobiles et d'effectuer quelques aménagements intérieurs ; mais, vous connaissez le quartier, les constructions sont serrées, l'ensoleillement est médiocre, et même de l'étage, on n'a pas vue sur le fleuve ; en ce qui concerne le prix, bien qu'il faille louer*

68. Ancien quartier de Tôkyô, sis à Asakusa, dans la Ville basse, du côté de Yanagibashi ; c'est un quartier de geishas et de divertissements. Le quartier d'Akasaka, dont il est question à la ligne suivante, était d'une tradition plus neuve dans le domaine de la galanterie.

69. Quartier situé dans l'actuel arrondissement de Chûô, entre Ginza et la Sumida.

le terrain[70]*, le vendeur déclare vouloir des trente* tsubo[71] *de la maison dix mille yens nets, sans en rabattre, ce que je crois être la grosse esbrouffe. En tout cas, si le goût à l'Edo s'accommode encore de l'absence de jardin, sans bord de rivière, il manque de ce qui fait sa magie.*

Passons à Akasaka : selon la lettre de l'agent immobilier, vu que, par définition, ce quartier est le lieu d'élection des parvenus qui y installent leur maîtresse, les perspectives de revente en sont d'autant meilleures pour l'acquéreur, au cas où il s'en lasserait. Le terrain – soixante-dix tsubo *environ – fait quinze mille yens, maison comprise ; les dénivellations du jardin, dues à la pente, ont le charme d'un paysage naturel, et, juste de l'autre côté de la haie, commence le bois du Renard de Toyokawa, ce qui me semble convenir parfaitement aussi bien à un ermitage qu'à un logis de maîtresse. Hier, quand je suis allé visiter les lieux, il se dégageait du bruit des mains claquées pour la prière*[72] *et du chant des petits oiseaux, parvenant à l'oreille à travers la futaie, une atmosphère qui me plut extraordinairement. Pour l'orientation, comme au nord-est, on a l'ombre du bois, et que la vieille maison est apparemment tournée vers le sud-ouest, il suffirait, lorsqu'on la rebâtira, de l'abriter des rayons du soleil couchant pour avoir une bonne aération et réussir à épargner le supplice évoqué par Dempuku*[73] *:*

Mon logis révèle
Le charpentier maladroit :
Qu'il y fait donc chaud !

---

70. Il n'est pas rare au Japon que les propriétaires d'un terrain et de la maison qui y est bâtie soient deux individus distincts.

71. Mesure de surface qui équivaut à deux tatamis, ce qui fait 3 m^2 environ.

72. Ce geste, destiné à attirer l'attention des divinités, se pratique dans les temples et non dans les pagodes.

73. Haikaiste de Kyôto, né en 1721, mort en 1793.

De toute façon, ici c'est la Haute Ville[74]*, et, vous ne l'ignorez pas, si même au cœur de la capitale, Tôrin*[75] *a pu écrire ces vers :*

Jusqu'en pleine ville
La bise emporte les feuilles
Fondant du Fuji

A fortiori, ici, vent d'ouest en hiver et soleil déclinant d'automne sont choses à proscrire. Pour avoir oublié ma boussole, je n'ai qu'une idée approximative de l'orientation, mais je compte procéder à un nouvel examen général des lieux, pour lequel j'attends impatiemment qu'un complet rétablissement vous permette, à l'occasion d'une promenade, de me faire part de votre appréciation autorisée. Je suis absolument confus de vous causer d'aussi extravagants tracas, mais on dit depuis toujours : « Débauche de jeunes : les femmes. Débauche de l'âge mur : les arts. Débauche des vieillards : maisons et jardins. Restreindre seulement ces passions, c'est remplir sa bourse. » Eh bien ! Que le processus de dévergondage de ma modeste personne corresponde aussi exactement à la leçon des anciens, voilà qui est, ma foi, fort divertissant ! Baste ! je veux pour ma dernière débauche bâtir à ma maîtresse une maison raffinée à souhait ; puis-je vous prier de bien vouloir, quand vous en aurez le loisir, me communiquer vos idées ? Il est plusieurs manières d'être d'Edo, mais pour se livrer au sonohachi, *à l'*itchû, *etc., plutôt que de chercher inspiration dans les illustrations de l'*Alma-

74. La Haute Ville (Yama-no-te était l'ancien quartier de la classe des guerriers. Située autour du château, sur les hauteurs, elle s'opposait à la Ville basse (Shita-machi) des artisans et des marchands, véritable cœur de la civilisation d'Edo. Après Meiji, la Haute Ville est devenue le quartier résidentiel.

75. Haïkaïste d'Edo (bien qu'il soit né en province), Tôrin fut un disciple de Bashô, le père du haikai. Né en 1639, mort en 1719.

nach des fleurs de prunier [76], *j'ai envie de remonter vers un style un peu plus ancien, et il me semble que l'ambiance qui se dégage des livres d'images de Harunobu conviendra exactement. L'esprit d'Edo, en toutes choses, c'est la manière de l'ère Temmei* [77] *; gloire, gloire lui soit rendue !*

L'hiver est là mais
Où est le temps qu'on coiffait
Fichu fantaisie ? [78]

Jusqu'à votre complet rétablissement, chaque journée, dans les circonstances actuelles, compte pour moi mille automnes.

Le... novembre,
Hambei
au professeur Kimpu.

A cette époque, le pays connaissait, grâce à la guerre européenne, une admirable prospérité. Etant donné qu'il se créait tous les jours trois ou quatre sociétés par actions, il est bien certain qu'une affaire comme celle de Yô-san, qui reposait depuis longtemps sur un capital solide, devait faire des bénéfices considérables. Les

---

76. Roman sentimental de la fin d'Edo (1852), œuvre de Tamenaga Shunsui. Les illustrations de Keisai Eisen (1790-1848), se caractérisent par une souplesse voluptueuse un peu décadente qui s'oppose à la grâce raffinée des estampes de Suzuki Harunobu (1725-1789), l'un des plus grands maîtres de l'*ukiyo-e.*

77. Ere Temmei : 1781-1789. L'expression « manière de Temmei » désigne une période qui commence une quinzaine d'années plus tôt et qui se caractérise par un développement remarquable du goût et de la sensibilité.

78. Ce haikai d'auteur indéterminé fait allusion à l'interdiction qui avait été faite en 1743 de porter une coiffure de soie à la mode, qui ne laissait voir que les yeux. Il est cité ici comme un symbole du regret d'un temps qui fut favorable à un certain air d'esprit et de fantaisie – sinon de liberté véritable.

articles de luxe s'écoulaient d'autant mieux qu'on les vendait plus cher. La prospérité était telle qu'en raison du prix élevé du riz, elle permettait même aux paysans de tâter de la Bourse. C'était la période idéale pour construire une maison de concubine. L'ancienne aristocratie multipliait alors les ventes aux enchères pour liquider ses trésors de famille, circonstance particulièrement favorable aux projets de Yô-san. Avant même qu'on eût tassé les fondements[79] de la nouvelle construction, chaque fois qu'il y avait une vente, il m'invitait et m'emmenait examiner les objets. Evidemment, du fait de son goût exclusif de haikaiste, il n'enchérissait point sur les grands paravents ni sur les mobiliers de daimyos ; mais les lanternes de fer, les services de table, les boîtes à braises, les vasques, les tuiles à carrelage, les tissus imprimés, les vieux morceaux de soie cantonaise à rayures, bref, tout ce qui pouvait servir d'accessoire ou de décoration pour la demeure de la maîtresse, Yô-san s'en emparait avec avidité, quel qu'en fut le prix. Entre-temps, la construction fut achevée, et lors du banquet inaugural, impuissant à me dérober devant les invites pressantes et conjuguées du maître de maison et des artistes conviés, je dus composer une dédicace pour le pavillon des Billets galants. Mais cela ne leur suffit pas, puisqu'en fin de compte, je fus aussi chargé d'écrire un texte pour une nouvelle mélodie de *sonohachi*.

Dès le lendemain, désireux de rassembler sans tarder des documents susceptibles de me fournir des matériaux pour cette nouvelle composition, je me mis à fouiner – en commençant par l'inévitable « Dix espèces de pierres qui brillent »[80] dans les anciennes chroniques et écrits divers recueillis et réimprimés par la Société de réédition des écrits nationaux ; puis, afin de pouvoir, dès

79. A cause des tremblements de terre, la maison japonaise traditionnelle ne repose pas sur des fondations ancrées dans le sol.

80. Grand recueil d'écrits divers de l'ère d'Edo, rassemblés entre 1836 et 1863.

que j'aurais trouvé le document ou récit adéquat, prendre immédiatement le pinceau, j'approchai chaque soir la lampe de mon oreiller et relus des ouvrages tels que *Les Aiguilles de pin*, *Amour, bambou et orchidée : recueil de chants*, *L'éventail de soie de Miyako*, *Le Recueil de Masumi*[81] ? A cette époque, pour moi, une pareille activité – qui rappelait celle des auteurs de divertissements d'Edo – n'était pas seulement intéressante, mais chargée encore, me semblait-il, d'une signification considérable ; c'est pourquoi, j'abandonnai en cours de route et sans aucun regret le manuscrit d'un long roman que j'avais commencé d'écrire. C'est que depuis l'apparition de Futabatei Shimei[82], l'emploi systématique de la langue vernaculaire est devenu à peu près de règle dans le roman moderne, et que j'estimais que ce me serait un obstacle dans la composition d'un récitatif à la façon d'Edo, écrit sur le rythme « cinq-sept »[83]. C'est qu'aujourd'hui encore, notamment après avoir par exemple relu des phrases de nos anciens auteurs, je ne peux m'interdire d'éprouver une impression désagréable devant ce style du type « c'est que... »[84]. Mais – tout désireux que je sois de réussir à

81. Le premier titre (de 1703) regroupe des chants de la fin du XVIIe siècle. Le deuxième (première décennie du XVIIIe) est un recueil de *jôruri* de l'école dite Tosabushi. Le troisième (vers 1740) est un recueil de vers de l'école Itchû. Le dernier (1764-1771) contient les *jôruri* de l'école Katô-bushi.

82. Futabatei Shimei (1863-1909) est le premier écrivain d'importance à avoir écrit un roman uniquement en langue parlée. Jusqu'en 1889, date de publication d'*Ukigumo* (« Nuages flottants »), les parties non dialoguées étaient généralement écrites en langue littéraire.

83. C'est le rythme de base de la poésie japonaise et du *jôruri*.

84. Cette traduction rend compte très approximativement de la réalité linguistique et stylistique évoquée par Kafû. Celle-ci repose sur l'opposition de la langue littéraire où le verbe « être » se dit *nari*, et de la langue parlée où il se dit *da* ou *de aru*. La traduction par « c'est que... » du terme *de aru* que l'on trouve dans le texte de Kafû vise à faire partager au lecteur français l'impression inesthétique qu'éprouve l'écrivain devant ce nouveau style.

rejeter ce style vulgaire et relâché du « c'est que… » – c'est que les mauvaises habitudes contractées de longue date sont incorrigibles, et c'est dans un état d'esprit désabusé que je déplore être dépourvu du génie littéraire d'un Kôyô ou d'une Ichiyô [85]. Je souhaitais alors ardemment que la composition de cette nouvelle pièce pût inspirer à mon pinceau des cadences aussi lourdes de beauté sensuelle que celles de Chikufujin dans la *Libation en hommage à Tamagiku* [86] :

Lambeaux, lambeaux de nuages,
Quand je vous regarde…

ou encore, dans *Ukabuse*, écrit en hommage à Ranshû :

Pour emporter une ombrelle
Il n'est pas assez
De ces trois ou quatre gouttes
Dont je suis mouillé…

Le fait est que, déjà l'année précédente, après avoir été averti une fois par le médecin du caractère inguérissable de mon mal, j'avais pensé m'essayer à écrire pour ma simple satisfaction personnelle, en attendant la mort, ne serait-ce qu'une ou deux pièces dans le genre de Saikaku [87]

---

85. Ozaki Kôyô (1867-1903) et Higuchi Ichiyô (1872-1896) : deux écrivains célèbres de l'ère Meiji. Bien que Kôyô ait aussi pratiqué le style *de aru* dans un de ses romans les plus célèbres, ces deux auteurs ont dans l'ensemble utilisé en leurs œuvres la langue littéraire.

86. Patron d'une maison de courtisanes de Yoshiwara, Chikufujin (1680-1759) est connu comme haikaiste et compositeur de *jôruri* de style Katô. Il était lié d'amitié avec le fondateur de l'école, en souvenir duquel il écrivit *Ukabuse* sept ans après la mort de celui-ci, soit en 1731. La *Libation…* (1728) fut écrit à la mémoire d'une courtisane de grand renom, Tamagiku, morte trois ans plus tôt.

87. Ihara Saikaku (1642-1693), écrivain d'Osaka, put, à l'aube de l'ère des Tokugawa et avant que ceux-ci n'aient par trop restreint le champ d'activités de la littérature, donner au Japon ses premiers grands romans de mœurs. Tombé dans l'oubli, il fut réhabilité dans les années trente de Meiji.

pour la manière narrative et de Yayû[88] pour la beauté de la phrase. Les écrits de Yayû, depuis que Shoku Sanjin[89], déjà, ne leur a pas ménagé son admiration, n'en sont plus à attendre des recommandations plus tardives ; pourtant, chaque fois que j'en refais lecture à haute voix, je frappe mon pupitre et décrète : cette phrase-là, aussi longtemps que la civilisation japonaise ne sera pas éteinte, aussi longtemps que la langue du Japon utilisera les caractères chinois, et quand bien même mille ans passeraient, oui, cette phrase-là restera sans aucun doute possible le modèle de la phrase japonaise ! S'il faut en dire les raisons, il est peu d'œuvres dont la pensée comme l'expression révèlent une complexité, une érudition profonde, une fidélité à la tradition aussi grandes que *La Robe de caille* ; et malgré cela, la lecture en est d'une clarté et d'une fluidité telles qu'en vérité, l'on n'en voit pas d'autre exemple dans toute notre littérature passée et présente. L'ensemble des lettres classiques chinoises et japonaises tissent la trame de cette *Robe de caille* ; le caractère populaire qui s'est développé à partir de l'ère Genroku[90] en forme la chaîne, et son coloris est le fait des dons littéraires de la famille des Yayû et du génie singulier propre à ce dernier. Quand on en arrive à ce point, il devient alors licite d'user de

---

88. Yokoï Yayû (1702-1783), homme de Nagoya, se retira à cinquante-deux ans de la vie publique et se consacra aux lettres. Il excella dans le genre du *haibun* (prose de haikaiste), sorte d'écrit qui, sous des dehors légers et spirituels, cache souvent une vaste culture et de subtiles vues de moraliste. Son père avait été déjà un haïkaïste de talent.

89. Shoku Sanjin (1749-1823), homme d'Edo et fonctionnaire du shôgunat sous son vrai nom d'Ôta Nampo, il fut l'un des meilleurs représentants de l'esprit satirique qui fleurit à Edo sous l'ère Temmei. Il est connu surtout pour ses *kyôka* (poèmes-bouffes).

90. Ere Genroku : 1688-1704. Cette ère, considérée un peu comme l'âge d'or de la civilisation des Tokugawa, marque l'apogée de la culture de la ville marchande d'Ôsaka et les débuts vigoureux de celle d'Edo, qui allait bientôt concurrencer victorieusement Ôsaka.

l'expression « perfection dans la variété ». Cet entraînement même qui me gagna, d'écrire pour le pavillon des Billets galants la dédicace que Yô-san m'avait demandée, trouve son principe dans l'excès d'attachement que je porte à la prose admirable de ma chère *Robe de caille*. Aussitôt qu'écrites, les phrases de ma dédicace furent superbement encadrées, mais je ne réussissais pas à terminer le manuscrit de mon nouveau récitatif, et ses fragments sont encore maintenant serrés dans un tiroir de ma bibliothèque.

Le thème dont j'avais décidé de m'inspirer dans cette composition était le suicide de la courtisane Uneme, que rapporte le *Guide illustré des sites remarquables d'Edo*[91] à propos du tertre d'Uneme à Asakusa-Hashiba. Je pensais prendre le pinceau dès que Yô-san m'aurait donné son accord, mais nous étions alors en juillet, la fête des Esprits des morts[92] approchait, et comme tous les ans, les leçons de *shamisen* furent interrompues jusqu'à la mi-septembre. Yô-san emmena toute sa famille à sa ville d'Ôiso, et moi, victime d'un coup de chaleur, je restai alité une dizaine de jours. J'attendais la fraîcheur de l'automne et je me disais qu'au moment où les leçons reprendraient au pavillon des Billets galants, je retournerais à ma table de travail ; mais là, ce fut notre professeur qui tomba malade. Alors qu'au début d'octobre, il allait pouvoir recommencer ses cours, la malchance voulut cette année-là que le maître des lieux, Yô-san, partît représenter sa société pour quelque affaire en Mandchourie et en Corée. Quand il revint à Tôkyô, l'on approchait de la période des visites de fin d'année. Après, c'était le mois du nouvel an, tout au long duquel

---

91. Ouvrage publié durant l'ère Tempô (1830-1844). L'histoire d'Uneme est celle d'une courtisane de Yoshiwara, qui se noya à l'âge de dix-sept ans pour l'amour d'un bonze.

92. Cette fête bouddhique dite *Bon* ou *Urabon* a lieu à Tôkyô autour du 15 juillet (ceci depuis l'introduction au Japon du calendrier solaire, dans les débuts de Meiji).

– c'est encore une coutume des artistes – on cesse complètement les leçons.

Avec tout cela, mon désir d'écrire « Le Tertre du suicide d'amour d'Uneme » avait fini par s'évanouir entièrement. Quand arriva février, je reçus une lettre du Pavillon qui m'invitait à venir reprendre les leçons ; mais à partir de janvier, durant la période rigoureuse du froid persistant[93] et jusque vers l'équinoxe au mois de mars, je me fais une règle, dans la mesure du possible, de ne pas sortir de chez moi si ce n'est pour une promenade l'après-midi lorsque le vent ne souffle pas et qu'il fait tiède ; je me prétendis donc submergé par mes travaux littéraires et j'attendis le retour de la saison où l'on revient au kimono sans doublure. Si d'ordinaire, l'existence du solitaire est deux fois plus insouciante qu'une autre, ses inconvénients doublent aussi en cas de maladie. Cela dit, malade pour malade, mieux vaut encore une maladie assez grave pour vous clouer au lit : on n'a plus guère alors le loisir de se répandre en lamentations. Mais lorsqu'il s'agit d'une de ces indispositions insuffisantes pour qu'on engage une garde-malade, il faut penser à préparer soi-même l'enveloppe du pourboire pour le pousse du médecin que l'on appelle en consultation, il faut penser à bien donner à l'avance les ordres à sa bonne pour qu'elle n'oublie pas, par exemple, la cuvette ni la serviette dont le médecin aura besoin pour se laver les mains. Comme les soins imposent donc, paradoxalement, un surcroît de besogne, je fuis le froid par crainte de la grippe et me comporte exactement comme une plante de serre.

Il était écrit que cette année serait une mauvaise année. Toutes mes précautions ne me servirent de rien : on arrivait juste au moment où chantent les oiseaux et tombent les fleurs de cerisier[94] quand je fus victime d'un

---

93. On nomme ainsi la période de froid qui suit le temps du nouvel an.

94. C'est-à-dire au début d'avril. La période évoquée trois lignes plus loin correspond au début de l'été.

influenza qui traîna en longueur, peut-être à cause de l'abondance des pluies ; et jusqu'à l'époque où s'élancent les jeunes pousses de bambou et mûrissent les nèfles, il n'y eut point de jour que je ne dusse réchauffer mon ventre avec une bouillotte et connaître avant et après chaque repas – six fois par jour au total ! – le désagrément alterné des potions et des poudres. Allongé voulais-je lire ? La main qui tenait l'ouvrage se fatiguait rapidement. Assis, voulais-je prendre le pinceau ? Je n'arrivais pas à éveiller le désir d'écrire. Et c'est à peine si, cédant aux libraires qui venaient me demander des éditions révisées de mes anciens ouvrages, je m'occupais à mettre en ordre et corriger de vieux manuscrits bons à mettre au rebut. Pourtant, à passer ainsi mes journées, c'étaient, de manière inattendue, les jours heureux d'autrefois qui seuls occupaient sans cesse ma mémoire ; et souvent j'abandonnais pinceau et encre rouge…

J'ai classé mes anciens livres dont il ne reste guère.
Ô traces des folies d'il y a vingt ans !
Au milieu des fleurs je versais en riant des coupes à des saishu.
Ivre, j'embrassais des belles aux sourcils de papillons nocturnes, dans une barque sous la lune.
Quand j'exaspérais un Houang Tsou, je ne me tenais plus de joie,
Et je m'attendrissais devant la candeur fantasque des Kôji.
Mais maintenant rien n'émeut plus mon vieux cœur usé,
Et seule me plaît la fumée qui monte de ma cassolette de bronze.[95]

95. Plusieurs noms utilisés dans ce poème demandent explication. *Saishu* est un titre de fonctionnaire de la Chine antique et évoque le personnage de Kong-souen Heng. Houang Tsou est un héros de la dynastie des Han postérieurs : Kôji (« la jeune fille vêtue de rouge »), de la famille Tou, fut une sorte de geisha de palais de l'époque des T'ang.

Il m'arrivait ainsi, me rappelant ce huitain ou quelque autre poème de « Est-ce la pluie ? », de distraire quelque peu ma mélancolie. Je ne me sentais évidemment, dans ces conditions, aucune envie de prendre mon *shamisen,* ni de chanter du *jôruri.* Je laissai passer tout l'été sans même envoyer de réponse au pavillon des Billets galants, comme si la chose m'était sortie de l'esprit ; et l'automne, à son tour, était déjà à moitié avancé lorsque, cette soirée de ce jour-là... la nouvelle parfaitement inopinée, apprise dans la grande rue de Ginza, que Kohan avait quitté le Pavillon m'avait d'un coup fait oublier l'incorrection de mon long silence pour me laisser seulement dans l'étonnement et la perplexité au sujet des raisons de l'affaire.

Un clapotis de gouttes d'eau qui, suivant la gouttière, tombaient dans la jarre devant la galerie extérieure commençait à se faire entendre. Ce n'était plus le crachin. L'écho des gouttes que le vent, balayant le feuillage des arbres, chassait en pluie sous l'avancée du toit se faisait aussi entendre. Je m'aperçus que la pièce était enfumée par la poudre de pyrèthre que je brûlais depuis tout à l'heure et par le tabac ; j'allongeai alors le bras pour ouvrir la porte en trapèze ; j'étais au milieu de mon geste quand la domestique, qui était allée porter ma lettre au pavillon des Billets galants, s'en revint, tenant dans sa main le courrier qu'elle avait ramassé au passage dans la boîte aux lettres de la petite entrée. Il était complètement détrempé. Il y avait trois cartes postales ; deux d'entre elles, des réclames de courtiers : la troisième, avec carte-réponse : « Quelles sont vos geishas et vos maisons de thé préférées ? Voudriez-vous nous envoyer votre réponse, etc. », de cette prose incroyablement impertinente dont sont coutumiers les rédacteurs de revues. Il y avait encore deux lettres dont je sus immédiatement en voyant leur écriture que l'une était du maître du Pavillon. Et je me disais qu'en l'occurrence, il était certainement question d'O-Han tandis que, sans prendre le temps de la sécher, j'ouvrais telle quelle l'enveloppe mouillée :

Voici longtemps que je n'ai eu de vos nouvelles. Comment vous portez-vous ces derniers temps ? Cette année, après l'arrière-saison d'été, à une fraîcheur inhabituelle s'est ajoutée depuis quelques jours une longue pluie automnale, et je m'inquiète fort de votre santé. De ce train-là, que deux ou trois jours encore le temps ne se dégage pas, et l'on verra sans doute les rivières déborder, les tramways s'arrêter et les cours du riz grimper de plus en plus. J'en viens au fait sans transition : il s'agit bien sûr d'O-Han ; des événements quelque peu déplaisants se sont récemment produits, qui m'ont amené à lui faire quitter le pavillon des Billets galants et réintégrer son ancien nid. Les poètes anciens l'ont déjà dit :

A la calme fleur, convient d'être regardée dans le calme.
Qu'on la cueille et l'emporte, elle perd son éclat. [96]

Et si j'ajoute qu'en raconter davantage serait du dernier rustique, et que l'histoire, en se répandant, accroîtrait la honte de votre serviteur, un grand connaisseur tel que vous aura vite deviné, j'imagine, de quoi il retourne. Les geishas traînent toujours des acteurs après elles, et s'il s'agissait d'une de ces banales aventures, j'ai moi aussi assez de largeur d'esprit pour faire semblant de ne rien voir ; d'autant que je lui faisais étudier le sonohachi, qui, à la différence d'autres formes artistiques, ne traite que de suicides par amour, et que j'avais coutume de lui faire chanter de ces passages qui éveillent particulièrement la passion, tels que :

---

96. Poème chinois d'auteur indéterminé.

A sa virile prestance
Comment résister ?
Et l'amoureuse querelle
Qui depuis la brune
Se suivit jusqu'au matin
Effaça l'éclat
Lustré de nos chevelures... [97]

Ainsi, je ne pense pas qu'on puisse, me cherchant une querelle qui n'aurait rien à voir avec celle des « Huit Paysages », me désigner comme :

Ce quidam rustique
Qui du village galant
Ignore les lois
Et la complexe étiquette... [98]

Pourtant, lorsque je sus que son partenaire n'était qu'un bonimenteur de cinématographe, il me fut difficile d'en prendre mon parti et je lui signifiai son congé. Désagrément pour désagrément, j'aurais peut-être encore toléré un histrion du nouveau théâtre ou un comique de la troupe Soga [99]*, mais dans le cas d'un chauffeur d'automobile ou d'un bonimenteur de cinématographe, si désireux soit-on de parer l'aventure des*

---

97. Citation d'un passage d'une mélodie de *sonohachi*, de l'ère Meiwa (1694-1771), *Hanasato no Iroito* (« Le Fil de couleur du village des fleurs »), œuvre du fondateur de l'école. Elle raconte la marche au suicide du pépiniériste Bunzô et d'O-Shizu, une geisha du quartier de Gion, à Kyôtô.

98. Citation de la *Querelle amoureuse des Huit Paysages*. Cf. note 45.

99. Le « nouveau théâtre », né en 1888 et joué à l'origine par des « escoliers », fut la première tentative visant à créer un théâtre moderne au Japon. La troupe Soga fut, quant à elle, la première troupe de théâtre comique à y jouer. Kafû, amoureux du kabuki ; n'a que mépris pour les maladroits démarquages qu'en faisaient ces troupes en croyant être modernes.

couleurs d'un jôruri, l'on ne saurait en définitive imaginer ici ; par exemple :

Raffinement de la science,
Du cœur et du goût
Un kimono dont l'envers
Est de soie rayée…[100]

Mon état d'âme en cette affaire s'accorde donc avec mes théories esthétiques accoutumées, et mon faible cerveau ose espérer que ce sera là un titre supplémentaire à votre compassion.

O-Han désire-t-elle marcher à nouveau en tenant le bord de sa manche gauche ?[101] *Ira-t-elle se mettre en ménage avec le bonimenteur ? J'ignore rigoureusement tout de ses projets. Dans ce pavillon des Billets galants qui, ayant perdu son objet, n'a maintenant plus de maître, le bégonia de votre résidence, dont vous m'aviez l'an dernier fait présent, c'est grâce à la pente qui facilite l'écoulement des eaux, magnifiquement épanoui en fleurs couleur de pastèque ; aussi bien voudrez-vous croire qu'en ce moment – et je suis sincère –, mes regrets sont un peu plus vifs que si j'avais perdu trois cents sous… mettons-les à treize-cents sous environ. Quoi qu'il en soit, tous ces détails n'avaient pour but que de vous divertir.*

Le… de…
L'ex-Maître-du-Pavillon-des-Billets-Galants,
au professeur Kimpu.

La pluie enfin s'arrêta. Pour peu que la pluie s'arrête, c'est de toute l'année la saison la plus inoubliable, celle

---

100. Cf. note 97. Le raffinement vestimentaire masculin tenait dans la sobriété de l'extérieur et dans la recherche des parties visibles aux seules courtisanes ou geishas.

101. Façon de marcher propre aux geishas.

de l'équinoxe d'automne. Les dernières chaleurs de l'arrière-saison s'en sont allées tout à fait, le bas du kimono sans doublure est frais et les manches du *haori* de gaze ne pèsent point aux bras. Le vent battant les stores, qui s'enfle d'un souffle pathétique, le ciel qu'inonde un bleu limpide au point d'en être insolite, et l'émotion sans borne dont alors – sans même être un sage ermite – on se sent envahir en contemplant les figures des nuages qui passent, c'est ce moment de l'année. Et lorsque le temps se couvre et que le vent s'apaise, les ailes des papillons qui flottent en couleurs encore plus vives, le reflet immobile des murs de la ville forte, immergé dans les douves, l'eau des étangs, l'eau des fossés, l'eau des flaques de pluie même, qui partout devenue miroir renvoie l'image des choses, c'est encore ce moment.

Hier c'était la bourrasque et j'avais clos ma librairie,
Mais ce beau temps revenu, j'ai voulu relever le store.
Les chrysanthèmes de la haie n'ont pas encore éclos, mais les fleurs de cannelier sont tombées.
Mais, par tout le jardin, les amarantes ont répandu l'automne.

Tout en murmurant, au fil de ma mémoire, ce quatrain de mon père disparu, je sortis de chez moi. Mes pas me conduisirent naturellement devant l'entrée du pavillon des Billets galants ; au montant de la porte faite d'un tronc de cyprès brut était encore accrochée la planchette toute neuve : *Villa X.*, et la porte en guichet dont les planches de loupe alternaient avec du bambou moucheté était comme à l'accoutumée, et selon l'usage des femmes entretenues, soigneusement fermée de façon que, du dehors, on ne puisse voir à l'intérieur. Comme ma dernière visite remontait à longtemps, je me pris, sans autre raison, à vouloir entrer. En amoureux de l'art des maisons, je me demandais si le grain des planches des vérandas et des galeries avaient acquis quelque patine ; la terre du jardin s'était tassée sans doute, et sur les pierres, grâce à l'abondance des pluies de cette année, la mousse avait dû apparaître. Le bégonia transplanté de mon jardin s'était magnifiquement épanoui en fleurs couleur de pastèque, disait la lettre que j'avais reçue, et, à ce souvenir, n'y tenant plus, je posai la main sur la porte en guichet – qui s'ouvrit avec une facilité insolite ; une fois à l'intérieur – autre sujet de surprise – venant de derrière la haie de lespédèze, le son d'une basse de *shamisen* [102]. Passage de l'accord en deuxième corde haute [103], un coup de plectre, un second, au timbre clair et juste. Mais le jeu n'était pas d'une femme. Si ce n'était pas une femme, ce ne pouvait être que la maître Sensaï. Je tendais inconsciemment l'oreille pour identifier ce morceau exécuté avec la deuxième corde haussée lorsque, de l'intérieur de la maison s'éleva une voix lente :

Va, laisse là les regrets
Et ne verse plus de larmes…

C'était la voix de baryton du maître des lieux. Il suffisait qu'Ukihashi et Uninosuke se tiennent

Maintenant face à face
Croisant leurs regards,
Et d'un seul coup tous les deux…

se mettent à sangloter pour que le rythme s'accélère et

---

102. Selon le type de musique, on utilise diverses sortes de *shamisen* qui se distinguent par l'épaisseur du manche. Le *sonohachi* se joue avec le *futozao*, le « manche épais ».

103. Le *shamisen* peut s'accorder de trois façons, et l'on en modifie l'accord au cours d'un morceau pour changer de caractère. L'accord fondamental est du type *do-fa-do* ; dans celui en deuxième corde haute, on élève cette dernière d'un ton.

que *Le Mont Toribe*[104] s'achève. Je me disais, sachant cela, qu'il serait peu délicat d'ouvrir sans façon la porte et d'obliger ainsi l'hôte à s'interrompre, lorsque, justement, j'aperçus à l'auvent de l'entrée, une araignée d'automne en train de tisser sa toile avec ardeur ; et, tout en contemplant ce spectacle, je demeurai à la place où je me trouvais.

Bah ! tenez, c'est une histoire vraiment stupide ! Perdre la tête pour un bonimenteur de cinéma, cela ne mérite vraiment pas qu'on en parle. Cette fois, j'ai été complètement aveugle. A supposer même que l'histoire du bonimenteur n'ait pas eu lieu, je crois qu'on ne pouvait pas faire fond sur cette femme. Si, du temps qu'elle était geisha, j'avais cru qu'elle avait un avenir artistique, cela tenait en un mot à ce que, dotée d'un amour-propre peu commun, elle répugnait à le céder à d'autres en quelque domaine que ce soit ; elle mettait donc naturellement tout son zèle aussi à l'étude de la musique ; mais voilà qu'au moment où elle quitte son état de geisha, l'esprit de compétition disparaît ; un mois passe, puis deux, et entre-temps, elle en vient à ne plus pratiquer le shamisen *que par obligation à mon égard. Au début, je lui ai bien fait des observations, mais j'avais beau lui expliquer qu'avec son talent inné, il lui fallait travailler maintenant d'arrache-pied, l'intéressée ne semblait ni se rendre compte de ses propres dons, ni – c'est logique – trouver le moindre intérêt à son art. Au moments de désœuvrement, d'ennui, il ne lui venait même pas à l'idée, eût-on dit, de tendre machinalement la main vers son* shamisen *et d'essayer de se rappeler, par exemple, un morceau travaillé autrefois. Et alors, qu'aime-t-elle ? demanderez-vous. Eh bien ! là non*

104. Cette œuvre, composée par le deuxième Miyakoji Sonohachi sous l'ère Meiwa (vers 1766-1767), et qui prend aussi pour thème un double suicide, est l'une des plus célèbres pièces de *sonohachi*.

plus, il semble qu'il n'y ait rien qu'elle apprécie particulièrement. Elle n'aime pas coudre, bien entendu, mais elle n'aime pas non plus lire ou écrire. Non, aller au théâtre pour traîner dans les couloirs avec ses amies, ou bien se rendre aux restaurants des grands magasins Mitsukoshi ou Shiroki, et y manger quelque chose, ou encore faire la tournée des cinémas d'Asakusa, voilà, à première vue, les seules choses qui lui plaisent. Mes remontrances finirent par provoquer sa résistance ; et elle en vint à adopter une attitude telle que c'est tout juste si elle ne me demandait quel intérêt il y avait à se tracasser pour devenir au bout du compte un petit professeur de shamisen. *Dans ces conditions, estimant qu'en définitive, il n'y avait rien à en attendre, je lui ai donné son congé ; mais, voyez-vous, cette histoire ne concerne pas seulement cette femme-là : les femmes d'aujourd'hui ; celles de bonne famille autant que les geishas, ont toutes la même tournure d'esprit. Tenez, prenons l'exemple des employés féminines dans les bureaux de ma Compagnie : en paroles, elles ne manquent pas de prétention, mais supporter les difficultés et les vaincre par le travail, elles n'en ont pas la moindre envie. Cette tentative de pousser une jeune geisha de maintenant dans une voie comme celle du sonohachi, on peut dire, réflexion faite, que c'était une erreur de ma part. J'ai une fille que je fais aller au lycée ; eh bien ! il n'est là aussi que de regarder pour se rendre compte : elles ne savent rien lire en dehors des caractères d'imprimerie ; elles ne savent lire ni l'écriture calligraphiée ni les anciens syllabaires ; elles peuvent lire les romans des journaux, mais pas les* kana *des* kusa-zôshi [105]. *Les vieux livrets de sonohachi ont été gra-*

105. Histoires illustrées de l'époque d'Edo ; d'un contenu distrayant et sans prétentions littéraires, elles vont du conte d'enfant à la satire des mœurs. Destinées à un public peu instruit, elles usaient plus des *kana* (caractères des syllabaires) que des *kanji* (idéogrammes chinois).

vés sur bois durant l'ère Bunkyû[106] *; or, O-Han, elle, est née après Meiji 30*[107]*, si elle ne comprend pas l'écriture de ses partitions, ce n'est pas de sa faute. Une femme de maintenant élevée à la ville ne sait pas ce que c'est qu'un puits ; comment pourrait-elle donc apprécier, par exemple, la beauté d'un reste de lune accroché à la branche d'un balancier ? Quand semblable femme fredonnera :*

Un point de vue plus raffiné
Que celui de la margelle
De madriers entrecroisés...[108]

cela n'offrira pas le moindre intérêt pour elle. Et quand elle dira :

Après les ivresses,
Que la chaise du retour
Paraît haïssable !...

elle ne comprendra pas de quoi il s'agit. Comment voudriez-vous qu'on s'intéresse à ce qu'on ne comprend pas ? Etre prêt à acheter – quel qu'en soit le prix – un exemplaire de l'édition ancienne du Recueil des cinq ères[109] *parce qu'elle a été tirée à partir des manuscrits*

---

106. Ere Bunkyû : 1861-1865.

107. Meiji 30 : 1897.

108. Cette citation, comme la suivante, est tirée de *Toribeyama* (« Le Mont Toribe »). Cf. note 104. La première citation comporte un jeu de mots sur « la margelle de madriers entrecroisés » *(Kasane-izutsu)* qui est en réalité le titre d'un *jôruri* célèbre de Chikamatsu. Le sens littéraire du passage est donc : « ... des conseils plus avisés que ceux qu'on entend dans *Kasane-izutsu* ». « La chaise de retour » de la deuxième citation est celle qui attendait les clients qui, au petit matin, quittaient le quartier réservé de Yoshiwara.

109. Ces cinq ères (Empô, Tenwa, Teikyô, Genroku, Hôei), qui s'étendent de 1673 à 1707, sont celles durant lesquelles s'exerça l'activité poétique de Kikaku (1661-1707), le plus célèbre des disciples de Bashô, le père des haikais. Le recueil en question, qui groupe donc les œuvres de Kikaku, fut édité en 1747.

de Kikaku lut : même, c'est le fait depuis longtemps des haikaistes de la vieille école tels que nous ; ceux de la nouvelle tendance, eux, ne savent lire que les caractères de six : ils n'ont que faire des livres gravés sur bois. Nos geishas jouent encore du shamisen ? *Il faut voir là une habitude héritée du passé, c'est tout. Exactement comme les haïkaïstes du nouveau style, qui n'ont pas encore abandonné le nom de « haiku » pour désigner leurs poèmes. Mais, à mon sens, ce n'est plus le moment de débattre du pour et du contre ; mieux vaut nous demander – entre autres questions – jusqu'à quand, en définitive, nous pourrons maintenir le goût raffiné et classique de notre génération.*

Hier soir, le mouvement de grève a fini par gagner mon entreprise. A l'heure qu'il est, les journaux du soir doivent publier la chose, mais comme avec ce tapage, la Compagnie est pour ainsi dire en vacances, j'ai profité de l'aubaine pour appeler le maître, j'ai répété deux, trois morceaux, et voilà !

Yô-san téléphona à Tameike [110] à la maison Mikawa et me retint à souper. Dans le tramway qui me ramenait à la maison, je me remémorai une nouvelle d'Henri de Régnier dont j'avais entrepris la lecture deux ou trois jours auparavant. *Marceline ou La Punition fantastique*, et je fis machinalement le rapprochement entre l'idée de cette histoire et ma conversation avec Yô-san. La nouvelle de Régnier se présente sous la forme de souvenirs d'un homme qui s'attristait et s'irritait de ne pouvoir comprendre les goûts de sa femme. Cet homme, en amoureux fervent de l'Italie et particulièrement de la vieille cité de Venise, a essayé d'emmener sa femme en cette capitale pour leur voyage de noces, mais la nouvelle mariée n'est sensible à aucune de ses beautés. Dans un

110. L'un des quartiers d'Akasaka.

magasin d'antiquités, il trouve de délicates poupées en verre taillé de l'ancien théâtre d'ombres vénitien, et en fait l'acquisition sans regarder à la dépense ; peu après ils retournent en France dans la vieille résidence du mari. Les relations entre les époux se dégradent peu à peu. La jeune mariée compte parmi ses amis un médecin qui, en dépit de sa vulgarité, exerce sur les femmes une étrange séduction ; il décrète que le mari souffre d'une maladie mentale ; dès lors, la femme adopte envers ce dernier le comportement qu'on a envers un dément. Un jour qu'il rentre chez lui, il se demande de prime abord si la demeure héritée des ancêtres n'a pas été rebâtie de neuf, tant l'antique apparence en a été changée ; il n'est pas jusqu'aux meubles d'autrefois, chargés de souvenirs, qui, tous sans exception, chaises et tables comprises, n'aient été remplacés par ces articles de série criards et de style moderne, que l'on peut voir dans les magasins d'ameublement des boulevards parisiens. Devant ce spectacle, emporté par la fureur, l'homme brise tout ce qui l'entoure et finit par tomber en syncope… Je n'avais pas plus tôt quitté Yô-san et réintégré ma maison que, sous la moustiquaire, je reprenais cette nouvelle pour en achever la lecture interrompue… Les poupées que le héros du livre avait achetées dans la boutique d'antiquités de Venise avaient été, durant son absence, sorties de leur coffret et jetées au fond d'un placard ; mais un rayon de lune vient à briller, et sous sa lumière elles commencent à se mouvoir et à parler. Le héros, dans un état de trouble extrême, ne sait plus décider s'il veille ou s'il sommeille, et finalement il se met lui aussi à éprouver vaguement le sentiment d'être, comme son entourage avait coutume de le dire, un véritable fou. Tel était le dénouement de cette nouvelle.

Quand j'allongeai mon bras hors de la moustiquaire et éteignis la lampe, j'entendis au loin sonner une cloche. Je comptais les coups ; il devait être deux heures. La nuit d'automne après minuit se fait chaque soir plus profonde ; de surcroît c'était après la pluie ; aussi, par le jardin tout entier, les grillons lançaient leur chant à toute force, si bien qu'incapable de trouver le sommeil, je laissai mon esprit courir d'une idée à l'autre. Malgré mon envie de m'endormir au plus tôt, ce ne sont qu'impressions noyées dans d'autres impressions. Impressions incohérentes dont demain quand je me lèverai enfin j'aurai perdu jusqu'à la trace du souvenir.

Après cela, durant les années qui suivirent, occupé uniquement à garder mon corps malade des atteintes du froid et de la chaleur, je n'éprouvai point le désir de reprendre le *shamisen* et cessai de ressentir celui de forcer une inspiration rebelle. Même les sentiments de détresse et de colère qui parfois m'étreignent devant mon existence vide de sens semblent avec les années être allées peu à peu en s'effaçant. Et si j'ai parfois quelque réminiscence, c'est d'un poème de Fernand Gregh :

J'ai trop pleuré jadis pour des [peines] légères !
Mes douleurs aujourd'hui me sont [des] étrangères…
Elles ont beau parler à mots mystérieux
Et m'appeler dans l'ombre [avec] leurs voix légères ;
Pour elles je n'ai plus de larmes dans les yeux.

Mes douleurs aujourd'hui me sont des inconnues ;
Passantes du chemin qu'on eût peut-être aimées,
Mais qu'on n'attendait plus quand elles sont venues,
Et qui s'en [vont] là-bas comme des inconnues,
Parce qu'il est trop tard, les âmes sont fermées…[111]

111. Ce poème, intitulé « J'ai trop pleuré » et qui est tiré du recueil intitulé *La Maison de l'enfance*, a peut-être été lu par Kafû dans l'*Anthologie des poètes français contemporains* de G. Walch, éd. Delagrave et Sijthoff, t. III, 1907, p. 338. Il le cite en français avec un certain nombre d'omissions et une erreur (nous rétablissons entre crochets le texte correct), mais le fait suivre d'une traduction montrant qu'il en a très bien saisi le sens. (N. D. E.)

Oui, effectivement, les passions se sont éteintes et le cœur s'est desséché. Les cercles intellectuels lancent des avertissements au monde, en ces temps de l'après-guerre européen, mais même leur écho alarmé résonne à mon oreille un peu comme la flûte du vieux marchand ambulant de sucres d'orge et, durant ces deux ou trois années où je n'ai rien fait d'autre que manger et dormir, les jours d'hiver sans froid et d'été sans chaleur ont été mes plus grandes joies. Le bonheur des nuits de digestion facile, exemptes de rêve, où je pouvais me rassasier d'un paisible sommeil, l'emporte probablement sur celui de se faire un oreiller des genoux d'une belle. Et pourtant, à la suite d'une impulsion soudaine, je décidai de mettre au moins de mon vivant mes affaires en ordre et, liquidant pour commencer maison et bibliothèque [112], je me débarrassai de tout souci posthume. Au milieu de mon calme, la seule période où je connus un peu d'agitation, ce fut celle-là.

Le moment où j'ai quitté la maison que j'avais si longtemps habitée, ça a été évidemment bien triste.

Dans l'*Anthologie des poètes Ming* [113], il y a un quatrain qui dit cela :

Sur les murs, de la mousse ; de la poussière sur les marmites.
Ma maison, mon jardin appartiennent aujourd'hui à mon voisin de l'Ouest.

---

112. En l'an 7 de Taishô, soit en 1918, au mois de décembre, l'auteur vendit la grande maison d'Ôkubo héritée de son père ; mais il garda ses livres. Il alla s'installer à Tsukuji, dans la Ville basse de ses amours, mais ne put y rester plus d'un an et demi. Il déménagera alors dans le quartier résidentiel d'Azabu et s'installera dans une maison à l'occidentale qu'il nommera Henki-kan, « la maison de l'excentrique ».

113. Grande anthologie en cent volumes édités par un poète de l'époque Ts'ing et qui rassemble des œuvres de plus de trois mille quatre cents poètes (depuis des empereurs jusqu'à des hommes du commun). Mao K'ouen, l'un d'entre eux, vécut de 1512 à 1601.

Mon cœur blessé craint de voir le saule devant la porte.
Demain si nous nous voyons, nous serons comme des étrangers…

Un de ces jours, sous le titre de « Chronique d'une maison à vendre »[114], par exemple, j'écrirai peut-être à nouveau.

Achevé au premier mois de l'an 10
de l'ère Taishô.[115]

114. Le titre du poème cité est précisément *Maison à vendre*.
115. Taishô 10 : 1921 de l'ère chrétienne.

COMMENTAIRES

NAGAI KAFÛ

ou

La Difficulté d'écrire au Japon de la fin de Meiji à la Seconde Guerre mondiale

I

NAGAI KAFÛ
ET L'AFFAIRE KÔTOKU

Les œuvres complètes de Nagai Kafû se composent de vingt-neuf volumes dans l'édition qu'en a donnée la maison Iwanami. *Hanabi* (« Feu d'artifice ») ne représente qu'une part dérisoire de ce vaste ensemble : quelques pages à peine, et d'un intérêt littéraire à première vue mineur. Pourtant, l'on trouverait avec difficulté dans toute cette œuvre – et peut-être même dans toute la littérature japonaise moderne – un texte qui ait fait couler autant l'encre de la critique, et ceci plus précisément depuis la fin de la Deuxième Guerre mondiale.

Le lecteur français non averti s'étonnera sans doute de pareille sollicitude à l'égard d'un objet qui ne semblerait pas devoir mériter tant d'attention, et il se demandera peut-être pourquoi le traducteur a choisi de lui présenter ce texte plutôt qu'un autre. Avant d'essayer de répondre directement à cette question, et pour mieux y répondre en fait, nous en poserons d'abord une autre, à savoir : pourquoi cet essai, écrit et publié en 1919, a-t-il attendu si longtemps – vingt-cinq années environ – avant de susciter, de la part d'une critique qui, à une exception près [1], ne l'avait pas remarqué jusque-là, un intérêt suffisamment passionné pour que les contro-

1. Il s'agit de Kataoka Ryôichi, dans une étude publiée en mars 1938.

verses à son sujet ne se soient pas encore tout à fait éteintes ?

L'examen préliminaire de cette deuxième question offre plus d'un avantage : tout d'abord, il permettra de se placer, pour commencer, au point de vue où se trouvaient placés les Japonais eux-mêmes lorsque, pour la première fois de leur histoire, ils purent enfin s'exprimer de façon véritablement libre sur un certain nombre de sujets – en particulier d'ordre politique [2] ; ensuite – et c'est pour ainsi dire la réciproque de la proposition précédente – on parera ainsi au risque de mesurer en fonction de critères banaux dans un pays de longue tradition individualiste et démocratique, mais inadéquats en d'autres lieux, des actes et des écrits nés dans un contexte parfaitement dissemblable ; enfin, si cette démarche rétrospective ne peut autoriser à émettre des conclusions définitives, elle permettra en tout cas d'estimer d'emblée le chemin parcouru par l'écrivain durant la deuxième partie de son existence et le degré de sa fidélité à une voie qu'il s'était tracée jadis. Que le texte de *Hanabi* nous livre ou non le secret des raisons qui l'ont conduit à choisir cette voie, c'est ce que l'on tentera de déterminer par la suite.

1945-1946 : c'est l'après-guerre dans un Japon dévasté. Rien d'étonnant donc si la scène littéraire présente une physionomie particulière. Elle n'est pas entièrement vide puisqu'on y voit apparaître les noms de maîtres anciens, tels ceux de Shiga Naoya et de Tanizaki Jun'ichirô [3], ou plus récents, tel celui de Dazai Osamu, qui se fait le peintre sans illusion d'une société

2. Il faut préciser cependant que l'occupant américain surveilla les publications de l'immédiat après-guerre.

3. En 1946-1947 paraît *Sasame-yuki* (traduit en français par G. Renondeau sous le titre « Les Quatre Sœurs », Paris, Gallimard, 1964) ; la censure avait contraint Tanizaki, en 1942, à en interrompre la publication.

en décomposition. Mais la plus grande partie des écrivains déjà connus, s'ils ne s'étaient pas tous faits les chantres de l'impérialisme japonais et de sa mythologie, avaient au moins payé de bien des concessions le droit de publier leurs œuvres durant la décennie précédente ; et maintenant nombre d'entre eux se tenaient dans une attitude de réserve, ma foi assez compréhensible. Une abondance de revues nées peu après la fin des hostilités offrait par ailleurs une vaste plate-forme à la nouvelle génération qui commençait à essayer ses ailes : mais ces jeunes auteurs ne produisaient rien encore qui portât la marque certaine du génie. Aussi, malgré l'intense activité de la presse – qui est l'un des phénomènes les plus caractéristiques de l'époque – le paysage des lettres eût-il paru relativement morne s'il n'avait été peuplé, ou pour mieux dire dominé, par les nombreux ouvrages que publia Kafû durant ces deux années et par le bruit que fit cette quasi-résurrection du vieux pionnier de la littérature moderne au début du siècle.

La stupeur fut d'autant plus grande qu'on avait pour ainsi dire oublié le vieil auteur depuis l'année 1937. Il avait alors publié *Bokutô Kidan* (« Une étrange histoire à l'est de la Sumida ») ; on voit dans cet ouvrage un écrivain en mal d'inspiration découvrir auprès d'une prostituée d'un faubourg écarté de Tôkyô une beauté et une sorte d'innocence qui, selon lui, ont déserté peu à peu un Japon prosaïque et brutal ; et, grâce à cette rencontre, il trouve un thème pour son livre. Or, depuis ce roman, si l'on excepte un livret d'opéra et quelques pages insignifiantes, aucun ouvrage de Kafû n'avait vu le jour après 1938, et l'on avait cru que ce dernier chef-d'œuvre avait mis un point final à la carrière de l'auteur, alors presque sexagénaire. La réalité se révélait maintenant tout autre.

Si l'année 1937 est l'année de parution de *Bokutô Kidan*, elle est aussi celle du pacte par lequel le Japon lie sa destinée à celles de l'Allemagne nazie et de l'Italie fasciste. Dès lors, les autorités ne se contenteront plus d'intensifier et de pousser jusqu'aux limites du ridicule l'exercice d'une censure pourtant déjà attentive : elles commenceront à créer ou à encourager la création d'institutions destinées à contrôler de l'intérieur la vie littéraire du pays et à impliquer plus ou moins la responsabilité des auteurs dans la mise en œuvre de l'idéologie officielle. Le Bungaku Hôkoku-kai (« Société de la littérature au service du pays »), fondé en 1942 par l'écrivain Kikuchi Kan (1888-1948), sera l'un des organes importants de cette politique. A peu près tout ce que le Japon comptait d'hommes de plume s'y trouvera réuni. Nagai Kafû fut l'un des seuls à faire exception.

Certes, l'adhésion à cette société n'était pas obligatoire, mais les pressions ne manquaient pas, comme en témoigne le journal de Kafû, en date du 17 mai 1943 ; on peut y lire ceci :

> *Pluie fine pareille à une fumée. Reçu pour la deuxième ou troisième fois un avis du Bungaku Hôkoku-kai exigeant mon adhésion... Je ne me soucie même pas d'y répondre. Le soir, la pluie cesse...*[4]

Adopter une telle attitude revenait pratiquement à se fermer les portes de l'édition. Aussi ne saurait-on jeter la pierre à ceux qui, dans des temps difficiles, assurèrent leur gagne-pain – et parfois leur sécurité – même au prix

---

4. Ce fragment est cité par Etô Jun dans un article publié pour la première fois dans la revue *Waseda bungaku* (numéro d'août 1959) et repris dans l'édition des *Œuvres* de celui-ci (*Etô Jun chosahu shû* II, *Sakkaron-shû*, Kôdansha, 1re éd. 1967, p. 43.) L'auteur renvoie à Ono Shigeo, *Kafû nikki kenkyû*, Kasama-shoin, 1976, p. 351, qui fait lui-même référence à l'édition dite « complète » des *Œuvres* de Kafû *(Kafû zenshû)* en 24 volumes de la librairie Chûôkôron (1951-1953) (voir t. XXII, p. 262). Le texte n'a pas été repris dans le passage correspondant à la même date dans l'édition définitive des *Œuvres complètes*, en 29 volumes, publiée par la librairie Iwanami (1963-1974, t. XXIII, p. 346).

de leur art et de leur dignité. On ne saurait non plus négliger le fait qu'une large aisance financière pouvait faciliter la décision de Kafû. Il n'en demeure pas moins que, s'il n'était pas le seul à jouir des revenus d'une fortune importante, il fut bien le seul à en faire l'instrument de son indépendance.

Dans un article fort intéressant[5], Etô Jun compare les réactions de Kafû à celles de Takami Jun, écrivain de formation marxiste, telles qu'elles apparaissent dans leurs journaux intimes respectifs. Le contraste est frappant : d'un côté, la limpidité de l'attitude de Kafû, qui transparaît dans la simplicité d'un style ferme et sans ambages ; de l'autre, l'embarras d'un homme qui cherche, à travers les méandres d'une phrase alambiquée, à justifier sa participation à une assemblée que, semble-t-il, il devrait honnir, mais dont il qualifie les réunions tout juste de sottise et de perte de temps. La distance entre les réactions des deux hommes, note Etô Jun, est celle qui sépare celui qui est capable de solitude d'avec celui qui ne l'est pas. Remarque d'une portée considérable quand il s'agit d'un pays où, de toute tradition, l'individu n'existe que par le groupe, et où tous les efforts de littérature, à l'inverse de ceux de l'Etat, avaient tendu précisément, depuis l'ouverture à l'Occident, à œuvrer en vue de la prise de conscience et de l'émancipation du moi.

Le pouvoir militaire japonais avait bien pu priver Kafû du droit de publier, il n'avait pu se priver de celui d'écrire ; et les ouvrages qui parurent durant les années 1945-1946 furent le fruit de cette apparente retraite. Cependant, si la rare fermeté de l'écrivain provoquait un étonnement maintenant admiratif, le contenu de ses écrits qui voyaient enfin le jour ne laissait pas non plus de surprendre. Il y avait en effet de quoi rendre perplexe le lecteur : car – si l'on met à part un récit sans grand

5. *Etô Jun..., ibid.*

intérêt inspiré par les mésaventures que firent connaître à Kafû deux contrefacteurs de ses œuvres – le centre de gravité des romans et des nouvelles de cette période de sa production oscille invariablement autour des thèmes de la vie galante :

- dans *Ukishizumi* (« Des hauts et des bas »), ce sont les vicissitudes de l'existence d'une servante de café ;
- dans *Odoriko* (« Les Danseuses »), les amours peu platoniques d'un musicien de bas étage avec une danseuse de beuglant et avec la sœur de celle-ci, danseuse elle aussi, mais surtout peu avare de ses charmes ;
- dans *Towazumonogatari* (« Une histoire qu'on ne m'a pas demandée »), les relations d'un peintre manqué avec la fille de sa maîtresse morte.
- Même la nouvelle intitulée *Kunshô* (« La Décoration »), petit drame pathétique racontant la mort d'un vétéran de la guerre russo-japonaise du début du siècle, n'échappe pas totalement à la règle puisqu'elle a pour décor la chambre de déshabillage des danseuses de l'« Opera-kan » d'Asakusa, où le vieillard achevait comme employé une existence inaperçue.

Déclassées, filles, femmes galantes et entretenues, descriptions d'un monde situé en dehors des limites de la société « honnête » et reconnue : là avait été l'une des sources constantes de l'inspiration de Kafû depuis plusieurs décennies déjà. Rien de véritablement nouveau. Il y avait là une sorte d'énigme. Quitte à écrire pour lui-même, n'était-il pas temps pour Kafû de composer l'un de ses romans « traitant de graves problèmes sociaux et économiques » dont en 1913 [6], il avait affirmé « l'absolue nécessité » tout en déplorant que la censure rendît

6. Cf. *Kawaya no Mado (*« Par la fenêtre des cabinets ») in *Œuvres complètes,* éd. Iwanami, t. XIII, p. 183-184.

parfaitement vain un tel projet ? L'on pourrait objecter à cela que la soumission quasi générale de ses compatriotes à une autorité despotique n'offrait guère d'exemples de ces conflits qui sont la nourriture indispensable d'une intrigue ; et l'on pourrait ajouter qu'en toute hypothèse, Kafû n'a jamais été un romancier du conflit, de l'action. Mais alors, il faudrait chercher aussi le pourquoi de ce dernier point. Et s'il en était ainsi, pourquoi, tout au moins, ne retrouverait-il pas les accents de la verve satirique qui avait animé nombre de ses ouvrages après 1909, lorsque, rentré dans son pays après un long voyage en Amérique et en France, il s'était fait le champion d'une « critique de civilisation » cinglante ? Car même les extraits de son journal, qu'il publia en 1946, et qui durent partie de leur succès aux remarques antimilitaristes qu'on y trouve, restent très en retrait, à cet égard, par rapport à ses œuvres de jeunesse.

Journalistes et grand public réglèrent le problème à leur façon : après avoir fait de Kafû une manière de héros, ils se contentèrent de voir en lui une figure pittoresque de vieil excentrique, amateur impénitent d'aventures amoureuses. Et, dans une certaine mesure, cette appréciation n'était pas dénuée de fondement. En effet, nombre des romans de Kafû, sans être à proprement parler autobiographiques, s'appuyaient sur une expérience personnelle approfondie des lieux de plaisir et des femmes de petite vertu. Par ailleurs, ce fils de bonne famille, ancien professeur d'université, qui de plus avait jadis connu une réputation de dandy, offrait une apparence peu en rapport avec ses origines et ses moyens ; et, chaque jour ou presque, on pouvait le voir promener dans le populeux quartier d'Asakusa sa longue silhouette, vêtu d'un vieux complet froissé, et armé d'un éternel parapluie noir. Pis encore, il menait sans honte apparente une vie isolée de célibataire endurci, fait à peu près inconcevable dans un pays où l'on considère encore d'un œil soupçonneux le vieux garçon de plus de trente ans. Aussi est-ce probablement ce dernier point qui, plus que tous les autres, aiguisa la curiosité du grand nombre. Mais, à tout prendre, dans une société où l'individualisme est déjà par soi-même une manière d'excentricité, le plus terne, le plus banal des individualistes finirait par devenir un réel excentrique ; à plus forte raison donc, un homme de caractère obstiné, décidé à toutes les ruptures pour protéger le bien précieux et perpétuellement menacé de son autonomie.

Là encore, Kafû ne faisait que prolonger un style d'existence fort ancien déjà, quelles que fussent les modifications de surface que le temps avait pu y apporter. Comme lieu de ses plaisirs, les coulisses des strip-tease d'Asakusa n'avaient fait que prendre le relais des « cafés » de Ginza, qui eux-mêmes avaient succédé aux maisons de geishas de Shimbashi, qu'il fréquentait dans sa jeunesse. Sa vie de célibataire, elle aussi, remontait fort loin dans le passé, puisqu'après deux mariages (l'un de convenance, l'autre d'amour – avec une geisha) et deux divorces, il n'avait plus pris femme, de la main droite s'entend, depuis 1915. Il n'est pas jusqu'à son excès d'insouciance vestimentaire qui ne puisse être considéré comme procédant de la même source qu'un dandysme dont elle serait, en quelque sorte, l'envers. Quant à l'excentricité dont on le taxait, il l'avait, le tout premier, prise à son compte au vu et au su de tout un chacun lorsque, en 1920, il avait baptisé du nom de Henki-kan (« la maison de l'excentrique ») la demeure dont il venait de faire l'acquisition et qu'il ne devait quitter qu'après sa destruction lors des bombardements de Tôkyô.

Au total, les événements qui agitèrent le Japon durant cette sombre époque ne semblent pas avoir réellement bouleversé, ni même modifié de façon sensible, la manière d'être de l'homme ni de l'écrivain. Simplement, l'on retrouve de moins en moins sous son pinceau ces moments d'émotion lyrique, qui enveloppaient jadis

La Sumida par exemple, et qui faisaient encore le charme de bien des passages de *Bokutô Kidan* ; la poésie de la mélancolie a cédé le pas peu à peu, au profit d'une froideur qui est sans doute à la fois signe des temps et indice de ce dessèchement intérieur qu'entraîne d'ordinaire une solitude trop jalousement observée. La lecture du journal de Kafû confirme cette hypothèse. En effet, les deux événements qui, durant toute cette période, y tiennent le plus de place et qui l'ont touché le plus profondément sont la fermeture de l'« Opera-kan » et la destruction de sa maison. « Rien ne m'avait aussi profondément affecté depuis la fermeture soudaine du théâtre kabuki », écrit-il à propos du premier de ces faits ; et il ajoute plus loin : « Maintenant, mon lieu de refuge s'en est allé, détruit. »[7]

Quant à la perte de sa maison, elle le frappe outre mesure, comme si la demeure où s'accumulaient les livres de sa bibliothèque et les estampes de ses collections (riches en érotiques, paraît-il) avait été la coquille qui protégeait de la houle du monde extérieur ce « moi » qu'il avait maintenu intact en dépit des vicissitudes d'une existence déjà longue. Dans les deux cas, en vérité, les raisons et la nature de son désarroi sont les mêmes ; et le terme de « refuge » qu'il utilise est à cet égard significatif : avec la fermeture de l'« Opera-kan », puis la destruction de sa maison, s'effondre l'édifice même de son existence quotidienne, et ce « moi » qu'il avait maintenu apparaît alors dans une sorte de nudité dépouillée et d'autant plus pathétique qu'il ne sait revendiquer rien de plus que sa forme vide.

C'est peut-être parce que Kafû n'était pas prêt à cette épreuve dernière qui boute le solitaire au milieu de ses semblables après avoir exaspéré sa solitude, que ces événements ont pris pour lui une importance apparemment démesurée et qu'ils tranchent sur le ton général du

7. *Œuvres complètes*, éd. Iwanami, t. XXIII, p. 440.

reste de son journal des temps difficiles. Face à ces désastres imprévus et qui atteignent son domaine réservé, il ne peut plus observer l'attitude d'impassibilité railleuse ou d'objectivité feinte qu'il adopte ordinairement face aux événements lorsqu'il ne choisit pas tout simplement de les ignorer, comme il le fait, par exemple, pour l'entrée en guerre du Japon.

Ce contraste demande réflexion ; en effet, l'on pourrait être tenté à partir de là, et en fonction des autres éléments que nous avons énumérés jusqu'ici, de ne voir en Kafû qu'une sorte d'esthète retiré dans une égoïste indifférence, et qui jette de temps à autre un regard de spectateur sur un monde extérieur dont les querelles ne le concernent pas. Certains Japonais, plaidant peut-être pour leurs saints, ont cru bon d'adopter ce point de vue. Mais un Français ne saurait oublier que cette froideur est étrangement absente au moins de quelques passages du *Journal* des années trente-neuf-quarante :

> *Nuit et jour, écrit-il, je prie pour une victoire française. C'est à de tels moments qu'apparaît une Jeanne d'Arc.*

Et ailleurs :

> *La chute de Paris est imminente. Je me sens inconsolable.*

De tels accents d'émotion ne se trouvent guère plus sous la plume d'autres écrivains japonais de l'époque, et leur existence suffirait à infirmer le point de vue précédent. Mais alors, reste à expliquer la pose dans laquelle il se campe lorsqu'il s'agit d'événements qui touchent directement son pays. Pour éclairer ce problème, un examen même rapide de ses réactions dans des circonstances particulièrement graves ne sera pas inutile, croyons-nous ; et pour ce faire, nous retiendrons deux moments significatifs ; le début de la guerre et l'affaire du Bungaku Hôkoku-kai.

Le 8 décembre 1941, c'est le jour de l'offensive sur Pearl Harbor. Or, aussi étonnant que cela puisse paraître, on ne trouve pas une phrase, pas un mot sur le sujet dans le journal de Kafû. En revanche, le même jour, alors qu'il n'avait plus composé de roman ni de nouvelle depuis 1938, Kafû reprend le pinceau et commence à écrire *Ukishizumi*. Il est difficile de voir dans cette coïncidence un pur effet du hasard, quand bien même aucun élément concret ne viendrait confirmer cette hypothèse. Et ce n'est pas trop s'avancer que d'interpréter la soudaine détermination de l'écrivain comme un défi secret, une déclaration de guerre individuelle à un Etat, à une société auxquels il s'oppose de tout son être et que son silence rejette mieux que tout discours.

Nous avons cité au début de cette étude le passage dans lequel l'auteur fait allusion à l'affaire du Bungaku Hôkoku-kai – et le lecteur nous excusera d'y revenir, vu son importance. Ici encore, on est frappé par le fait que la première réaction de Kafû ait été le silence avant qu'il ne note le fait ; comme en témoigne le texte, il ne s'y décide qu'après plusieurs sollicitations importunes, et même alors, il fait preuve d'un laconisme auquel il ne nous a guère habitués : d'ordinaire, il se montre moins avare de commentaires lorsqu'il s'agit d'exposer ses griefs et sa mauvaise humeur. Le ton du passage, empreint d'un tranquille mépris, tranche également sur celui qu'on lui voit prendre quand il se trouve mis en présence d'objets, d'êtres ou de situations déplaisants. Aussi est-ce le caractère inhabituel de ses réactions dans le cas présent qui les rend instructives. Si l'écrivain ne se laisse pas aller à ses récriminations coutumières, si son attitude s'avère aussi ferme et sereine, c'est que sa décision était en quelque sorte une décision naturelle, une décision qui *allait de soi*. Sans aller jusqu'à prétendre qu'il avait exactement prévu pareille éventualité (et l'on pourrait en dire autant à propos de l'entrée en guerre du Japon), l'on peut avancer avec certitude qu'il n'en a pas été autrement surpris. Et s'il ne nous donne pas davantage d'explications, c'est tout simplement qu'il n'a pas eu à s'en donner à lui-même. Depuis longtemps déjà, il s'était préparé au pire, et les explications absentes aujourd'hui devaient être recherchées plus loin dans le passé de l'écrivain.

Le critique Odagiri Hideo fut le premier à vouloir les trouver dans *Hanabi* ; et plus spécialement dans le paragraphe de cet essai où Kafû fait allusion à l'affaire dite « de lèse-majesté », ou encore « affaire Kôtoku Shûsui », qui fut l'une des pages les plus noires du règne de l'empereur Meiji. Voici la traduction du paragraphe en question, autour duquel on devait faire tant de bruit[8] :

> *En Meiji 44, je vis à plusieurs reprises, alors que je me rendais à l'université Keiô où je travaillais à cette époque, une file de cinq ou de six fourgons cellulaires, tirés par des chevaux, qui roulaient en direction du tribunal de Hibiya. De tous les événements publics dont j'avais eu jusque-là connaissance, aucun ne m'avait inspiré autant d'horreur. En tant qu'homme de lettres, comment rester silencieux à propos de cette question d'ordre idéologique ? Pour avoir crié justice lors de l'affaire Dreyfus, le romancier Zola ne s'était-il pas réfugié hors de sa patrie ? Pourtant ni moi ni les autres gens de lettres de l'époque, nous n'avons rien dit. J'eus confusément l'impression de ne pouvoir supporter les tourments de ma conscience. Et je ressentis une honte extrême de ma condition d'homme de lettres. Dorénavant, pensai-je, il ne me restait pas d'autre voie sinon que d'abaisser la qualité de mon art au niveau de celui des divertisseurs d'Edo. A partir de cette époque, je*

8. Voir « Feu d'artifice », plus haut, p. 35.

commençai à accrocher une tabatière à ma ceinture, à collectionner les estampes et à jouer du shamisen. *Pour les auteurs de divertissements ou pour les maîtres de l'*ukiyo-e *de la fin de l'âge d'Edo, peu importait que les bateaux noirs arrivent devant Uraga ou qu'un grand conseiller soit assassiné à la porte Sakurada : de semblables faits, la plèbe n'avait pas à connaître – bien mieux, on n'en devait faire mention qu'avec la crainte respectueuse qui s'imposait ; ayant ainsi composé leur attitude, ils écrivaient ou peignaient des œuvres érotiques, et les dispositions qui les animaient en ces instants, loin de me scandaliser, m'apparurent soudain mériter bien plutôt mon respect.*

L'affaire en question nous ramène loin en arrière puisqu'elle débuta à la fin juin 1910 par la découverte d'un atelier de fabrication d'une bombe artisanale qui aurait été destinée à l'empereur. Quatre anarchistes étaient directement mêlés au complot. Mais l'affaire servit de prétexte à une grande vague d'arrestations (de plusieurs centaines de personnes) dans tous les milieux socialistes et à un grand procès qui réunit sur le même banc d'accusation non seulement les coupables mais l'ensemble des leaders du mouvement, avec à leur tête l'écrivain Kôtoku Shûsui, au total vingt-six accusés. Vingt-quatre d'entre eux furent condamnés à mort ; sur le nombre, douze virent la sentence commuée en peine de travaux forcés à perpétuité. Le procès s'était déroulé à huis-clos, et la presse s'était vu strictement interdire de donner des faits une autre version que la version officielle.

La vérité est restée longtemps dans l'ombre ; pourtant, il apparut clairement à l'élite intellectuelle du pays que cette affaire était le point culminant d'une entreprise préméditée du gouvernement, destinée non seulement à extirper du sol japonais les racines de la pensée socialiste, mais, de façon beaucoup plus générale, à briser toute tentative d'expression de philosophies ou d'idées réputées nuisibles à l'édifice d'une idéologie nationale encore toute neuve. Et il est bien certain, en effet, que cette dernière, fondée sur l'affirmation de la nature divine de l'empereur et sur l'absolue prééminence de la vertu de « fidélité », ne pouvait faire bon ménage avec les différents courants de la pensée libérale et leurs manifestations littéraires. L'activité intense de la censure, qui lancera, à l'occasion de l'affaire Kôtoku – et jusqu'aux premières années du règne de Taishô[9] – une offensive générale (tout en accordant une attention particulière au naturalisme) contre la presse et les livres, démontre à l'envi cette incompatibilité. L'ouverture à l'Occident, commencée quarante ans plus tôt, n'avait manifestement pas la même signification pour une intelligentsia qui, après les trois siècles de repli et d'oppression de l'ère d'Edo, y cherchait les outils spirituels d'une libération de l'homme – et pour les dirigeants issus des clans de Satsuma et de Chôshû, qui lui demandaient essentiellement les techniques capables de renforcer leur puissance et celle de l'Etat.

La sinistre atmosphère qui entoura le procès et la sentence barbare du tribunal causa dans le monde des lettres un choc profond, dont la trace est sensible dans l'œuvre de nombreux écrivains – encore qu'aucun d'entre eux n'ait eu la force (ou la possibilité) d'élever publiquement la voix pour crier justice. L'une des réactions les plus remarquées, avec celle de Kafû, fut celle de Mori Ôgai, la figure la plus respectée du monde des lettres de l'époque, qui avait eu connaissance des débats du procès par Hiraide Osamu, l'avocat des accusés[10].

---

9. Taishô est le nom de règne de l'empereur qui succéda à Meiji, à la mort de ce dernier, en 1912.

10. Le même Hiraide Osamu voulut, en 1912, présenter l'affaire sous une forme romanesque, dans *Gyakuto* (« Les Rebelles ») ; l'ouvrage fut interdit.

Sans pour autant faire la moindre allusion au procès, Ôgai critiqua avec force, sous les formes indirectes de l'ironie et de la parabole, l'aveuglement d'une politique hostile à la liberté de pensée et d'expression[11]. Cependant, le même Ôgai, qui occupait l'un des postes les plus hauts dans l'administration de la Santé militaire, croyait possible une modification de l'attitude des dirigeants, et il tentera de s'y employer en usant tant de sa position élevée que de ses relations avec le *genrô* Yamagata (conseiller privé de l'empereur), principal responsable de l'oppression de l'époque. Cette manière reflète bien au reste l'esprit des pionniers de la première génération de l'ère Meiji, animés du souci de travailler sans relâche à « éclairer » leurs contemporains et à œuvrer ainsi pour le bien du pays. Dans *Môsô* (« Rêverie »), écrit au début de 1911, juste après la fin du procès, Ôgai tiendra à ce sujet des propos révélateurs. Se souvenant du temps de sa jeunesse où il étudiait en Allemagne, il évoque à la fois un amour qu'il y avait connu et la joie d'avoir trouvé là-bas une « atmosphère » propice au développement des sciences de la nature. Il évoque aussi la peine qu'il eut à s'en arracher et la difficulté de son retour dans un Japon imprégné « d'un air sombre et *fatalistisch* ». Ce qui lui avait donné la force de rentrer avait été le sentiment qu'une mission lui incombait : contribuer à créer dans sa patrie cette « atmosphère », base culturelle indispensable au développement de la science moderne, et qui ne peut naître que d'un libre épanouissement des lettres, des arts et de la pensée. C'est ainsi qu'il faut comprendre les réactions d'un homme qu'une méfiance naturelle à l'égard de l'anarchisme n'empêcha pas de voir les dangers plus grands encore d'une répression aveugle.

11. La pensée de Mori Ôgai sur ce sujet s'exprime essentiellement dans deux œuvres : *Chimmoku-no-tô* (« La Tour du silence »), et *Shokudô* (« La Salle à manger »), toutes deux de 1911.

C'est encore, très vraisemblablement, dans la même perspective qu'au début de 1910, lorsque l'université Keiô recherchait un professeur de littérature française capable aussi de diriger la revue qu'elle éditait *(Mita Bungaku),* il lui avait, en juillet 1908, chaudement recommandé le jeune Kafû, revenu d'un long voyage en Amérique et en France, avec des regrets qui rappelaient peut-être à l'auteur vieillissant ceux qu'il avait connus lui-même quelque vingt-cinq ou trente ans plus tôt. Nagai Kafû avait un passé scolaire peu recommandable, mais il s'était affirmé durant les années 1908-1909 comme l'un des écrivains les plus brillants et les plus libres de la nouvelle vague littéraire.

Nous nous sommes un peu attardé sur les réactions de Mori Ôgai dans la mesure où elles peuvent fournir un bon point de comparaison avec celles de Kafû. Dans un certain sens, l'attitude du premier est assez facile à cerner, du fait de la clarté et de la fermeté de la philosophie qui la soutient, même si elle repose sur un certain nombre d'illusions. Il en est autrement de l'attitude de Kafû, chez qui l'exercice de l'intelligence s'appuie sur une affirmation à priori de la valeur du moi et sur une sensibilité esthétique très vive mais qui manque fondamentalement de cette armature solide que seule peut constituer une pensée élaborée constante et rigoureuse. En revanche, et c'est peut-être une heureuse conséquence de ce manque, Kafû n'est pas victime des illusions dont Ôgai est – ou veut être – prisonnier.

Par ailleurs, né à peu près à l'époque où Ôgai commençait sa carrière, Kafû n'est pas animé par l'élan bâtisseur ni par l'esprit pragmatique qui inspiraient ses aînés de la génération précédente. Enfant de la deuxième génération de Meiji, il est naturellement porté à jeter un regard plus critique et plus désabusé sur un monde qu'il n'a pas contribué à construire.

Enfin, à la différence d'Ôgai, il était parti pour

l'étranger non pas comme un sujet d'élite qu'on y envoie pour en rapporter des connaissances précieuses, mais comme un fils de famille plus soucieux de débauche de l'esprit et des sens que de réussite sociale, et à qui l'on espère mettre du plomb dans la tête en le faisant changer d'air.

Certes, à son retour, il est frappé, autant que l'avait été le vieux maître, par l'air de « fatalité » oppressante qui l'environne ; mais pour lui, qui ne se soucie guère de science, cet air s'oppose essentiellement à l'épanouissement sans contrainte de l'art et des aspirations de l'individu. Là aussi, il y a plus qu'une nuance entre les deux hommes.

Les conclusions que tirera Kafû de son séjour à l'extérieur et de son retour au Japon seront donc à la fois plus négatives et plus radicales que celles de Mori Ôgai ; on ne s'en étonnera pas. Et ces conclusions influeront fatalement sur la position qu'il adoptera au moment de l'« affaire ». C'est pourquoi il ne sera pas inutile de les examiner quelque peu en détail avant d'entrer dans le vif du sujet.

La première réaction de Kafû, à son retour au Japon (juillet 1908), consiste en une série d'attaques très violentes contre une société et une civilisation sans goût, qui, au nom d'un modernisme de façade, ont rejeté l'ordre et la beauté de l'âge précédent et ont transformé le Tôkyô qu'il aimait en « champ de carnage », mais en qui survivent, profondément enracinés, l'esprit et les préjugés d'une époque où les notions de personne et d'individu n'existaient pas encore, et où les rapports des êtres dans la vie familiale et collective étaient fixés par un jeu extrêmement strict de rapports hiérarchiques. A vrai dire, déjà dans ses écrits de l'époque française, Kafû avait commencé d'exprimer sur ce point des sentiments qu'un retour non souhaité ne fit qu'exaspérer. D'autant plus qu'il retrouvait, après une période de libération provisoire (et illusoire puisqu'il la devait à son père et qu'il n'avait pas eu l'énergie de la prolonger de son propre chef), la « fatalité » des liens familiaux, particulièrement contraignants pour le fils aîné qu'il était, dans une société imprégnée par la morale confucéenne. A cela s'ajouta rapidement l'épreuve de la censure ; en mars 1909, ses « Récits français » (*Furansu Monogatari)* furent interdits à cause d'une nouvelle, *Kumo* (« Nuages ») et d'une pièce de théâtre, *Ikoku no Koi («* Un amour en pays étranger ») ; la première raconte l'histoire d'un jeune diplomate japonais à l'ambassade du Japon à Paris, qui noie dans la débauche son dégoût de l'existence et se prépare au suicide : elle fut jugée attentatoire à la réputation d'un corps qui, pour être diplomatique, n'en devait pas moins, comme la femme de César, ne pas être soupçonné ; la seconde fut estimée contraire aux bonnes mœurs. Contraires aux bonnes mœurs aussi furent jugés le roman *Kanraku* (« Plaisir ») et la nouvelle *Shukuhai* (« Toast »), qui provoquèrent, en septembre de la même année 1909, l'interdiction du recueil portant le titre de *Kanraku* ; l'auteur y chantait avec trop de ferveur poétique des plaisirs que la bonne société d'alors préférait cantonner dans la discrétion des quartiers spécialisés et des pavillons entourés de hautes palissades.

Comme par ailleurs la capacité de « résistance » de Kafû et sa propension à l'exprimer dans ses écrits (phénomènes assez exceptionnels au Japon) se doublent d'une impuissance à se forger les instruments concrets de sa libération (phénomène moins rare cette fois), l'on comprendra que tout cela le conduise à l'attitude qu'il décrit dans *Reishô* (« Rire glacé »), publié à la fin de 1909 et au début de 1910 dans le plus grand journal de Tôkyô, l'*Asahi Shimbun,* dont le célèbre écrivain Natsume Sôseki était alors rédacteur en chef.

En fin de compte, nous sommes tous les malheureux enfants malades d'une période de transition. [12]

Un bateau errant sans gouvernail. Voilà sans doute ce qu'est le présent que nous vivons. [13]

Ainsi fait-il parler l'un de ses personnages dans le chapitre XII, intitulé « Un *shamisen* dans la nuit », chapitre dont il dira plus tard que « les phrases sont parties du fond de [son] cœur » [14] et qui est pour ainsi dire le sommet de l'ouvrage. Dans *Reishô,* le ressentiment et la colère des premiers temps se sont peu à peu dissipés pour céder la place à un ensemble de sentiments plus complexe, où dédain aristocratique et lassitude d'esthète de type « fin de siècle » à la française se mêlent curieusement à une sorte de résignation légère proprement orientale, que Kafû désignera par les termes d'*akirame* et de *nama-satori* : l'*akirame* consistant à se faire une raison des choses face auxquelles « la puissance d'une volonté et d'une personne individuelle sont dérisoires » [15], le *nama-satori,* à savoir suivre son chemin sans songer à refaire un monde sur lequel on porte un regard de spectateur désabusé. La nouvelle *Asase* (« En eau peu profonde »), que nous avons ici traduite, donne une assez bonne idée de la chose.

On serait tenté de dire que cette attitude est encore pour Kafû une voie qui lui permet de sauvegarder l'individualisme auquel il est profondément attaché, et que quatre années passées en Amérique ont enraciné en lui, s'il est vrai qu'il se soit jamais fait le champion d'un individualisme théorique. En fait, il sera sans doute beaucoup plus juste d'y reconnaître une sorte d'instinct puissant qui le pousse à défendre, avec obstination et en

12. *Œuvres complètes*, éd. Iwanami, t. IV, p. 386.

13. *Ibid.*, p. 388.

14. *Reishô ni tsukite* (« A propos de *Reishô* »), *Œuvres complètes,* t. XIII, p. 44.

15. *Kentai, ibid.*, p. 23.

toutes circonstances, l'intégrité de son moi contre les agressions du monde extérieur. Et cette préoccupation ne s'est jamais traduite chez lui par un choix positif d'une liberté conquise au terme d'une empoignade avec la réalité concrète, mais par une fuite dans un isolement qui protège l'indépendance précieuse de son individu de conflits dont il sait trop qu'il ne saurait sortir intact.

Dans le Japon d'alors, il est probable que cet individualisme, vécu, en dépit de la faiblesse, et – disons le mot – de l'égoïsme qui peuvent l'accompagner (à moins que ce ne soit aussi grâce à eux), était le seul capable de résister à la pression environnante. Il est toujours plus difficile en effet de se débarrasser de sa peau que de n'importe quelle doctrine. Et il n'y avait au fond pas tellement de différence entre le Kafû de *Reishô* et l'enfant qui, jadis, dans le refuge que déjà lui offrait contre la « fatalité » paternelle l'hôpital d'Odawara, découvrait l'ivresse consolatrice que l'art et la beauté réservent à leurs amants.

Que cette attitude débouche sur un éloge de la décadence, cela n'a rien de surprenant.

> *La décadence, écrit-il dans* Kentai *(« Lassitude »), est le développement logique des choses.*

Et il ajoute :

> *... si l'on veut l'éviter, dès le début il faut choisir de rester dans la barbarie et l'inculture.* [16]

Aussi, après un premier mouvement de répulsion à l'égard de tout ce qui est japonais, caractéristique des quelques mois qui suivent immédiatement son retour de France, est-il naturellement peu à peu repris par ses amours d'adolescent et saisi par la beauté mélancolique

---

16. *Œuvres complètes*, éd. Iwanami, t. XIII, p. 21-25.

des vestiges de la civilisation d'Edo, qui s'en vont disparaissant sous les assauts des nouveaux barbares, et sont symbolisés dans *Reishô* par le son solitaire du *shamisen* dans la nuit. Un an plus tôt, en février 1909, Kafû avait déjà, dans *Fukugawa no Uta* (« La Chanson de Fukugawa »)[17], exprimé avec beaucoup de lyrisme la puissance d'attraction que la mélancolique tristesse dégagée par la musique d'Edo exerçait sur son âme fatiguée, en proie aux fantômes de son rêve occidental ; mais vibraient toujours en lui les accents lointains entendus dans les salles d'opéra de Lyon et de Paris, où ses pas l'avaient souvent porté ; et le récit s'achevait par un retour, presque un appel, à la musique « pleine d'assurance et de vigueur » d'un Wagner. Dans *Reishô,* en revanche, rien ne vient plus prendre la relève de cette tristesse et de cette mélancolie particulières à la musique de l'époque d'Edo, qui « naissent de la résignation solitaire engendrée par l'obéissance et la patience », et que « le timbre étonnamment clair du *shamisen* » verse au cœur du personnage du livre.

Dans les arts du passé, Kafû trouvera aussi la trace d'une beauté, celle de l'ordre et de l'harmonie que lui refuse le présent. Le thème apparaît dans *Reishô,* mais il trouvera son plein développement un peu plus tard, dans un bref essai intitulé *Reibyô,* écrit en juin 1910. *Reibyô,* c'est le sanctuaire élevé dans le parc d'Ueno aux mânes des shôguns Tokugawa, dont le pouvoir absolu conduisit les destinées du Japon durant les quelque trois siècles qui précédèrent Meiji, et que l'on nomme indifféremment « ère d'Edo » ou « ère des Tokugawa ». En fait, la situation est plutôt paradoxale puisque le même Kafû, qui ne ménageait pas ses sarcasmes contre le caractère oppressif du nouvel Etat, choisit le sanctuaire d'un long despotisme comme symbole d'un ordre esthétique opposé à la « confusion de Meiji ». A n'en juger que par

17. *Id.*, t. IV, p. 121 sq.

là, on se défendrait difficilement du soupçon que la colère de l'écrivain contre les temps ait été inspirée moins par un attachement vrai à la liberté que par les blessures causées à sa sensibilité d'artiste par la laideur envahissante. Toutefois, il faut faire entrer d'autres éléments dans notre appréciation.

Kafû, qui dès l'enfance avait fait montre d'un attachement très vif pour les arts du passé, avait appris dans les rues de France, non par étude mais par expérience quotidienne concrète, le poids et la vertu de la tradition ; et, voyant après cinq ans d'absence les effets dévastateurs d'un modernisme plaqué qui donne « au pays de [ses] ancêtres l'apparence d'une colonie anglo-saxonne », il ressent douloureusement la vanité, si ce n'est la nocivité, d'efforts qui tendent à nier le passé pour créer un monde, nouveau peut-être, mais monde de déracinés.

> *Les anciennes belles choses disparaissent à vue d'œil, lisons-nous encore dans* Reibyô *; les nouvelles bonnes choses n'ont pas encore sorti leurs bourgeons.*[18]

Et il conclut :

> *Respecte le passé ! Le passé est toujours la source mystérieuse d'où naît le futur. Il est la lumière qui éclaire la route incertaine du présent... Je l'affirme : notre avenir n'a pas d'autre lieu où s'appuyer que notre passé.*[19]

La position de Kafû n'est pas, en fait, une position si aisée dans un Japon dont le passé n'offre guère de modèle ni de libéralisme, ni de respect de l'individu ; mais il n'a pas le choix. Et son embarras se traduit

---

18. *Œuvres complètes*, éd. Iwanami, t. XIII, p. 39.
19. *Œuvres complètes*, éd. Iwanami, t. XIII, p. 40.

autant par le passage du terme de « beau » (appliqué au passé) à celui de « bon » (appliqué au présent), que par le ton trop emphatique, inhabituel sous son pinceau, des dernières phrases citées. Il y avait en effet de quoi être embarrassé puisque l'Etat, de son côté, ne manquait pas, lui non plus, de se référer abondamment à un passé dont il ne retenait, comme Kafû lui-même, que ce qu'il voulait bien en retenir. Et dans le cas de l'Etat, malheureusement, ce passé avait pour nom : âme du Yamato, ancêtres impériaux, *shintô*, *bushidô*, soumission absolue de l'individu au père et à l'autorité publique.

Le drame est que, de toute façon, ni le passé du Japon (au moins celui des trois siècles précédents) ni son présent ne laissaient un vaste champ ouvert à la libre expression littéraire, et il est tout à fait significatif que, toujours dans *Reibyô,* Kafû ait choisi comme élément de comparaison entre les deux âges l'architecture et non les lettres :

> *Si la nouvelle civilisation édifiée dans cette capitale a su construire des trains, des tramways, des fabriques, ce grand art d'une nation que l'on nomme architecture s'est complètement éteint.*[20]

Et il a parfaitement raison. Mais il est vrai aussi que s'il avait choisi les lettres au lieu de l'architecture, son raisonnement s'effondrait. En effet, il est peu d'époques aussi longues dans l'histoire moderne où la liberté de l'écrivain ait été aussi entravée que durant l'ère d'Edo et où sa condition ait été aussi basse ; et même si l'œil de la censure s'était fait de plus en plus vigilant depuis que les succès militaires avaient consolidé la confiance en eux des nouveaux dirigeants, il n'en avait pas moins soufflé sur le Japon, dans les premières années de Meiji, un vent frais de liberté qui avait permis l'éclosion d'une

20. *Ibid.*, p. 39.

littérature nouvelle, dont on peut dire que Kafû est l'un des représentants illustres ; mais sans doute, une liberté goûtée un jour rend-elle plus pesante l'oppression qui la suit.

Quoi qu'il en soit, Kafû n'ignorait rien de tout cela quand il écrivait *Reibyô*, et il n'est pas interdit de voir quelque ruse dans sa façon de présenter les choses. Et la glorification des arts du passé, si justifiée soit-elle en l'occurrence, présente un avantage annexe aux yeux de Kafû : celui de légitimer en quelque sorte l'attitude de fuite qu'il adopte devant les « fatalités » que comporte nécessairement toute réalité présente concrète. Et que l'art ait été pour lui une vraie passion ne change rien à l'affaire. Le passé prenait ainsi le relais de la lointaine France des arts et de Maupassant, à qui Kafû accordait une vénération particulière et à qui il avait demandé un peu plus tôt de jouer un rôle identique ; la garantie de Maupassant ne pouvait évidemment plus être d'un grand secours pour l'auteur de Reishô, et il fallait une solution de rechange. Kafû en sait les faiblesses et il tente d'en prévenir le risque en comparant, par exemple, à Versailles le mausolée des Tokugawa ; c'est sans doute aussi dans le même esprit qu'un mois avant *Reibyô*, il avait écrit ceci, dans une brève étude consacrée à *Ikakematsu* (titre d'une pièce de kabuki de la fin d'Edo, œuvre de Mokuami) :

> *Il ne faut pas donner à tout prix un sens philosophique à l'œuvre d'art. Il y a une signification propre qui vient de la forme et d'un équilibre harmonieux.* [21]

Que l'art soit objet de passion ou lieu de refuge, de toute façon une telle définition, qui rejoint celle des théoriciens de « l'art pour l'art », en rétrécit singulièrement les dimensions et la portée. On peut toutefois pen-

21. *Œuvres complètes,* éd. Iwanami, t. XIII, p. 28.

ser que Kafû ne la fait pas sienne de gaieté de cœur, et qu'il eût préféré donner à son art une signification plus haute. A vrai dire, peut-être ne l'a-t-il pas encore faite entièrement sienne et l'envisage-t-il seulement comme la dernière voie étroite de repli au cas où l'époque retrouverait les chemins d'un despotisme aussi absolu que l'était celui de jadis, faute d'en retrouver l'ordre et l'harmonie. S'il n'en était pas ainsi, on comprendrait mal pourquoi, dans la majorité des ouvrages qu'il avait produits jusque-là, se livrant sans trêve à une critique de civilisation et cherchant sans relâche à s'essayer lui-même, comme homme et comme écrivain, il aurait fait une œuvre de moraliste autant que de poète.

Bien que *Reibyô* ait été écrit juste après les arrestations qui marquent le début de l'affaire Kôtoku, on n'y trouve pas encore trace d'un intérêt particulier pour l'événement. Il ne faut pas trop s'en étonner ; en effet, d'une part, Kafû n'éprouve aucune sympathie à priori pour les thèses des accusés, et la façon pour le moins légère dont il interprétera plus tard dans *Hanabi* les fameuses « émeutes du riz »[22] sera révélatrice de la suspicion même en laquelle il tient les partis de tendance socialiste ; d'autre part, l'affaire n'a pas encore pris ses véritables dimensions.

Jusqu'en juin 1910, le ministère est dirigé par Saionji, le plus libéral des hommes d'Etat de l'époque, le seul aussi parmi eux qui fût issu de l'ancienne noblesse de cour des *kuge* et non des clans du Sud-Ouest (particulièrement Satsuma et Chôshû) par lesquels gouvernement et administration avaient été à peu près monopolisés depuis qu'ils avaient renversé l'ancien régime, et que Kafû poursuit de sa vindicte. C'est seulement en juillet que l'affaire prendra un visage nouveau, lorsque le cabinet Saionji devra démissionner sous la pression des militaires, représentés par le vieux Yama-

22. « Feu d'artifice », ci-dessus, p. 23-24.

gata, dont nous avons déjà parlé, et à qui sa position de *genrô* et ses titres de créateur de l'infanterie moderne du Japon donnaient un poids considérable. En juillet donc, Saionji fut remplacé par Katsura, général en chef de l'armée de terre et bras droit de Yamagata. Les nouveaux maîtres de l'heure, tous deux issus du clan de Chôshû, représentaient sans doute la fraction la plus brutalement « réactionnaire » du Japon d'alors, et ils arrivaient au pouvoir avec le dessein bien arrêté de montrer dans la répression l'ardeur et l'énergie sans faille qui, à leurs yeux, avaient manqué à leur prédécesseur. Les récentes études sur l'affaire Kôtoku l'ont démontré à l'aide de documents irréfutables[23].

Reibyô se situe donc au terme d'une étape de l'évolution de Kafû et à un tournant de la politique intérieure japonaise ; les développements de l'affaire Kôtoku allaient ouvrir une nouvelle étape. Ce qui ne veut pas dire que Kafû devait opérer désormais une révolution radicale et renier tout ce qu'il avait été jusque-là ; bien au contraire. Et le fait, par exemple, que la nouvelle *Asase* ait été écrite en 1912 montre suffisamment qu'il n'a pas rejeté l'inspiration de *Reishô*. Mais nous voulons dire ceci : il apparaît, à la lecture des œuvres du deuxième trimestre de 1910, que Kafû se trouve à un moment critique de son existence d'écrivain ; et ceci est l'aboutissement, la conséquence logique, de la position de repli qu'il a prise dans *Reishô*.

A cela s'ajoutent les sentiments complexes qu'il éprouve devant la contradiction qui existe entre cette position de repli et les responsabilités pour ainsi dire publiques que lui imposent à la fois la situation d'écrivain de premier plan qui est maintenant la sienne et ses

---

23. Voir : Itoya Hisao, *Zôhokaitei Taigyaku-jiken,* ainsi que le texte du rapport présenté au trône par Yamagata Aritomo sous le titre de *Shakai-hakaishûgiron,* cités dans Watanabe Yoshio, « *Ôgai to Kafû – Taigyaku-jiken wo megutte* », *Bungei Kenkyû* t. XXVIII, janvier 1975, p. 44.

récentes fonctions conjuguées de professeur d'université et de directeur de revue littéraire. Il s'exprime clairement là-dessus dans *Kentai* avec des mots qui ont l'accent de la sincérité : « Je suis devenu écrivain. Je suis devenu un professionnel du pinceau… et j'en éprouve je ne sais quel sentiment d'insécurité et de malaise… » Et quand il songe que lui, qui n'a jamais posé au « maître de religion, de morale ou d'éducation », est devenu aujourd'hui professeur, « il s'y ajoute encore une nouvelle insécurité et un nouveau malaise »[24].

Or, il se trouve que ce moment critique se situe précisément à la veille de la grande crise qu'allait provoquer l'affaire Kôtoku ; il n'est pas interdit de penser que cette coïncidence a pu jouer un rôle déterminant et fixer le destin de Kafû dans une direction où il ne se serait peut-être pas engagé dans d'autres circonstances.

Durant le deuxième semestre de 1910, le gouvernement allait prendre des mesures de contrôle sans précédent pour museler la liberté d'expression. En donnant ainsi à l'« affaire » des dimensions qu'elle n'avait sans doute pas au départ, il en préparait le sinistre dénouement et prévenait de manière efficace les réactions qu'autrement elle n'eût pas manqué de susciter ; empêcher le moins est un moyen sûr d'éviter le plus. Mais il ne s'agissait pas seulement d'une opération tactique. L'oppression intellectuelle, véritable revers du procès, est avec lui l'expression d'une politique à caractère totalitaire qui se poursuivra bientôt dans les écoles par le renforcement de l'application du fameux rescrit impérial sur l'éducation et fera de celles-ci les séminaires de l'idéologie nationaliste. On comprend donc pourquoi la censure, ne limitant pas son activité aux écrits socialistes, l'étendit, comme l'écrit Kafû dans *Kibô* (« Espoir »)[25], « jusqu'aux journaux

---

24. *Œuvres complètes, éd.* Iwanami, t. XIII, p. 21-22.
25. *Œuvres complètes,* éd. Iwanami, t. XIII, p. 55.

familiaux chrétiens », accusés eux aussi de « troubler l'ordre public ».

Auparavant, les interdictions se fondaient essentiellement sur l'accusation d'« outrages aux bonnes mœurs », notion déjà suffisamment large puisqu'elle visait non seulement les écrits érotiques ou pornographiques, mais les atteintes à la piété filiale, au respect du maître, à l'obéissance et au respect dus à l'Etat et à ses représentants – toutes vertus que la morale officielle considérait comme piliers de la morale sociale. Il faut croire cependant que c'était encore notion trop restrictive, ou insuffisamment précise, qui laissait aux censeurs un champ d'action trop limité ; aussi définit-on de nouvelles normes assez générales pour justifier n'importe quelle interdiction, et qui furent rangées sous les trois rubriques du « présent », du « général », de « notre pays ». En d'autres termes, toute opinion qui, se fondant sur des références au passé ou sur une vision de l'avenir, sur une option idéologique individuelle, sur des exemples empruntés à l'étranger, contrevenait à la morale officielle, pouvait tomber sous le coup de la loi. Cette ligne de conduite – si l'on ose dire – avatar moderne du fameux *kanzen-chôaku* (« prôner la vertu et réprimer le mal »), imposé à l'écrivain de l'ère d'Edo par l'idéologie confucéenne alors en vigueur, fut exposée clairement par le magistrat Kimura Kyôtarô en août 1910[26]. Les résultats ne s'en firent pas attendre : les interdictions de vendre, qui jusque-là n'avaient pas dépassé la demi-douzaine par mois (ce compte ne comprend pas bien entendu les passages caviardés) s'élevèrent soudain, en septembre de la même année 1910, au nombre respectable de quatre-vingt-dix-sept.

On imagine facilement ce que peut avoir de catastrophique une telle situation pour n'importe quel écrivain

---

26. Cf. « Entretien sur la police et les arts », dans la revue *Taiyô*, août 1910.

digne de ce nom. A plus forte raison pour un écrivain qui, comme Kafû, a en quelque sorte parié sur l'art sa propre raison d'être. Ceci explique sans doute que, plus que tout autre, l'écrivain ait été particulièrement sensible au renforcement d'une oppression qui condamnait cet art à n'être plus entre ses doigts qu'une coque brillante, mais vide de contenu. Arrivé réellement au moment de l'épreuve, la résignation légère de *Reishô,* les réflexions sur « l'art pour l'art » d'*Ikakematsu* se révèlent d'un faible secours. Face à l'assaut mortel de l'ennemi, se réveille l'hostilité viscérale de Kafû à l'égard du nouveau Japon, qui ne s'était jamais complètement endormie et habitait, latente, derrière les conclusions insatisfaisantes que lui avaient suggérées son tempérament. Mais, comme on l'a dit plus haut, il n'y aura pas chez lui de révolution de la manière d'être et de penser. En fait, on constatera bien plutôt une exaspération des tendances contradictoires qui avaient jusqu'ici inspiré son œuvre et guidé son existence. La gravité de la situation, qui le pousse dans ses derniers retranchements, aura donc un double effet : donner à sa critique de civilisation le caractère d'un jugement définitif et sans appel, à sa retraite, celui d'une décision inévitable. Pour cela, il lui fallait cependant, dans un premier temps au moins, dissiper un certain nombre d'ambiguïtés de ses positions antérieures. C'est ce qu'il fait dans *Reishô ni tsukite* (« A propos de *Reishô* »), le premier d'une série de cinq articles écrits entre le 10 août et le 15 septembre 1910 et publiés dans le numéro d'octobre de *Mita Bungaku,* où se trouvent rassemblées ses réactions devant la crise du moment.

Reishô ni tsukite se présente comme une réponse aux critiques qui accusaient Kafû de s'être fait le chantre de l'hédonisme et de la sensualité ; mais en réalité, il s'agit bien plus d'un exposé des sentiments actuels de l'écrivain que d'une justification de l'œuvre mise en cause. En témoignent une violence de ton et une virulence de contenu qui contrastent avec la tiédeur relative et tout au moins un certain air de détachement apparent qui caractérisaient *Reishô*. Le thème de la « fatalité » prend également, à l'époque où est écrit l'article, des résonances particulières qu'il ne pouvait avoir au même degré quelques mois plus tôt :

> *Dans l'air qui enveloppe le Japon, et même en ces temps de gouvernement constitutionnel, il est contenu un je ne sais quoi, difficile à nommer, d'oriental et de despotique, qui ne diffère en rien de l'ancien âge féodal ; et, quels que soient les changements apportés à l'apparence extérieure, je ne puis m'empêcher de penser que la terre et les saisons, et tout un ensemble d'éléments invisibles, portent en eux une hostilité envers la liberté de la volonté humaine et la libéralisation de la pensée.*

Un peu plus loin, la réflexion cependant va droit au cœur du drame de l'époque :

> *Certes, depuis la restauration, les dirigeants importent à toute allure la nouvelle civilisation occidentale, mais quant à savoir si véritablement, en fin de compte, à l'instar de cette bonne population d'Amérique, ils honoreraient les droits de l'individu et accueilleraient avec joie, du fond du cœur, l'esprit sacré de la liberté, il m'arrive d'éprouver là-dessus quelques doutes.*

Citant alors le mot de Roosevelt : « Si tu vois l'injustice, combats-la de toutes tes forces ! » Kafû le compare à des dictons japonais, qui, tel celui qui dit : « Laisse-toi enrouler par ce qui est long ! » prêchent une tout autre philosophie.

Et il termine en évoquant la pièce de kabuki qui raconte l'histoire de Sôgorô. Sôgôrô était un paysan qui, pour sauver son village réduit à la famine par les exactions du seigneur du lieu, alla directement porter plainte auprès du shôgun. La loi interdisait formellement pareille atteinte au caractère sacro-saint de la hiérarchie. Aussi, même si la plainte de Sôgôrô ne fut pas sans effet, Sôgôrô, lui, fut condamné à mort avec toute sa famille pour que le dernier mot restât à l'autorité.

> *Sôgorô, pour avoir entrepris en dépit de sa condition de battre l'injustice à la mode de Roosevelt, a été condamné ainsi que tous les membres de sa famille à la peine cruelle de la crucifixion. En quelque circonstance que ce soit, si l'on ne se laisse pas enrouler par ce qui est long, c'est terrible ! Telle est la seule leçon que cette pièce m'a semblé comporter.*[27]

On ne saurait après cela dénier à Kafû le courage de ses opinions. Il paraît en effet difficile de pousser la critique plus loin qu'il le fait ici. Nul en tout cas en dehors de lui n'a dénoncé avec autant de netteté et de force les tares fondamentales du régime. Mais pour en arriver là, il lui a fallu démythifier son cher Edo : en prenant pour point de départ de sa réflexion la « fatalité » qui pèse sur le Japon et qui « ne vient pas seulement de l'influence des pensées bouddhique et confucéenne, mais est le fruit de la puissance des saisons et du sol », il montrait du reste sa volonté de donner du passé – à moins qu'il ne s'y condamnât – une image plus conforme à la réalité, et, partant, à dissiper les équivoques de la trop commode opposition passé-présent sur laquelle il s'était jusqu'alors reposé. Mettre en pleine lumière l'envers terrible d'Edo après avoir affirmé la continuité des deux règnes, c'était donner à son accusation de Meiji une force d'impact impressionnante ; mais c'était aussi, pour lui, mettre en jeu la tranquillité qu'il s'était acquise. Et

27. Cette citation, comme les suivantes, est tirée de *Reishô ni tsukite*.

qu'en cette période, il ait fait preuve d'une telle probité intellectuelle est d'autant plus à son honneur qu'elle lui était plus difficile. En effet, maintenant, quel élément de comparaison, quel lieu de refuge pouvait lui offrir ce passé regardé d'un œil plus impartial ? Quelles que fussent par ailleurs ses beautés, ce dernier, puisqu'il n'était finalement pas plus susceptible que le présent d'assurer les droits de l'art, perdait automatiquement la capacité de garantie que Kafû lui demandait naguère.

L'exemple de Sôgorô, présage tragique de la fin de Kôtoku et de ses compagnons, posait aussi indirectement cette question, qui n'est que la forme particulière sous laquelle se présente à l'homme Kafû, armé de ses qualités et de ses faiblesses, le problème plus général de la condition de l'écrivain dans la société japonaise. Le caractère exceptionnel de l'histoire de Sôgorô ne tient pas, en effet, à son seul dénouement : dans toute la littérature d'Edo et dans tout son théâtre (puisque le kabuki n'était pas tenu pour littérature), on ne saurait trouver d'autre exemple d'une œuvre qui ait pris pour thème un semblable sujet. Il est vrai qu'un écrivain avait un jour connu la déportation dans les mines de l'île de Sado-gashima pour avoir eu l'audace, en dépit de sa condition, lui aussi, de peindre dans un de ses ouvrages le tableau d'une famine paysanne. Comment l'auteur de *Sakura Sôgorô* avait-il pu échapper à la vigilance des autorités ? Le commentaire de Kafû le suggère avec une clarté suffisante : « En toute circonstance, si l'on ne se laisse pas envelopper par ce qui est long, c'est terrible. Telle est *la seule leçon* (c'est nous qui soulignons) que cette pièce m'a semblé comporter. » Et il est plus que probable que l'écrivain d'Edo n'en imaginait point d'autre. C'est la dernière phrase de *Reishô ni tsukite* ; elle invite le lecteur à un raisonnement analogique simple : si la nature despotique de l'Etat et l'atmosphère générale qui la sécrète n'ont pas changé, il n'y a pas de raison pour que la condition de l'écrivain se soit modifiée davantage.

Ce n'est pas trop s'avancer que d'affirmer déjà que ce problème occupera chez Kafû une place plus importante que chez tout autre, qu'il sera même au centre permanent de sa vie et de son œuvre, précisément parce qu'il était en son cas lié intimement à la question personnelle pressante, fondamentale, de sa propre justification ; question elle-même liée à son impuissance à se libérer de la « fatalité » familiale. *Kugatsu* (« Septembre »), le deuxième des cinq articles publiés en octobre, semble confirmer ce dernier point, puisque Kafû y évoque le conflit que, dans sa jeunesse, son indifférence aux études et à la « réussite » avait provoqué avec un père qu'il présente comme une image symbolique d'une société « où le succès est fonction de la carte de visite », et qui tient pour péché le développement libre de l'individu et de l'art, le développement de l'individu à travers l'art. Mais l'autorité d'un père, si despotique fût-elle, ne saurait évidemment supporter comparaison plus poussée avec celle d'un Etat : les effets s'en arrêtent quand s'émancipe celui qui la subit. Et il ne reste pour se défendre, à un Kafû qui ne s'est pas émancipé, que l'arme de l'ironie ; arme qui lui est fournie justement par cette société qui trahit jusqu'aux siens :

> *Les parents disent… « Si tu ne travailles pas, tu deviendras un mendiant ! » Pourtant, même celui qui travaille, dans le cas où il lit des livres socialistes par exemple, essuie des conséquences bien plus terribles que de devenir mendiant.*[28]

C'est dans le troisième article, *Ruzan no rakudo* (« Le Paradis de l'exil »), que Kafû développe le thème de la condition de l'écrivain, qu'il avait suggéré dans *Reishô ni tsukite*. Le point de départ de son propos est du domaine de l'actualité : « On discute à nouveau ces temps-ci de la

28. *Œuvres complètes*, éd. Iwanami, t. XIII, p. 48.

fondation d'une Académie et d'un budget d'encouragement aux lettres et aux arts du ministère de l'Education. » Il s'agissait d'une idée lancée par Mori Ôgai en 1908 dans le but de contribuer à relever la condition de l'écrivain (entendons par là essentiellement romancier et dramaturge) qui souffrait encore de l'abaissement où il avait été tenu durant la période d'Edo, et de lui donner dans la société un statut semblable à celui dont il jouissait dans les pays d'Occident. Mais le moment où cette idée était reprise laissait augurer des arrière-pensées de dirigeants qui y voyaient surtout un moyen détourné – déjà ! – de tenir mieux en main le monde des lettres, et de réserver faveurs et prébendes à leurs fidèles. A l'inverse d'Ôgai qui, l'année suivante, prendra la tête de la commission préparatoire à la création de cette académie, espérant faire obstacle, autant qu'il dépendait de lui, à l'arbitraire du pouvoir, Kafû adopte d'emblée une position de scepticisme absolu. On retrouve bien là l'opposition de caractère des deux personnages :

> *Le courant de l'époque – lit-on toujours dans* Ruzan no rakudo *– se serait-il modifié au point que, rejetant ses préjugés anciens sur les gens de littérature, la société d'aujourd'hui dans son ensemble leur reconnaisse un statut social équivalent à celui des fonctionnaires, des militaires ou des hommes d'affaires ?*[29]

On remarquera qu'ici la critique de Kafû s'élargit puisqu'elle prend à partie « la société dans son ensemble » et non plus les seuls dirigeants, qui ne sont au cas particulier que les représentants privilégiés du sentiment général. Elle y gagne en force, mais s'en accroît d'autant la désespérance que l'écrivain cache sous le voile du sarcasme.

---

29. Pour cette citation et les suivantes, voir : *Œuvres complètes*, éd. Iwanami, t. XIII, p. 49-50.

La question posée n'appelle pas de réponse. Ou plutôt la réponse se trouve dans l'histoire :

> *Fondamentalement, en ce qui concerne le divorce entre les arts et la société, mon pays a une histoire tout à fait particulière... Edifiée sur la base de trois siècles de confucianisme, la civilisation d'Edo – en même temps qu'elle a produit ce fameux* bushido *dont tout le monde lui est si reconnaissant – a banni par ailleurs presque tous les arts, à l'exception de la peinture et de l'architecture, hors des limites de la société légitime.*

Qu'après cela Kafû déclare, tirant les conclusions de ses prémisses, que l'écrivain d'aujourd'hui n'a d'autre solution que de suivre la trace de ceux de jadis, et, en marge de la société utile et honorable, de limiter ses fonctions à celle de « divertisseur », n'aurait rien pour surprendre. Mais sa position est plus paradoxale : en effet, l'article se termine ainsi :

> *A considérer les choses aujourd'hui, je songe souvent – avec quels sentiments d'envie et de nostalgie – à ces arts frappés d'une telle sentence d'exil ! Les arts d'Edo, pour avoir été ainsi relégués, exilés, ont échappé précisément à la prison, à la gêne de la morale sociale, et ont pu réaliser à leur guise un développement original.*

En fait, entre le point de départ et la conclusion, il y a un saut que rien ne justifie, si ce n'est le passage du plan de la réflexion à celui du sentiment. Et si la réflexion est propriété de tous, les sentiments d'envie et de nostalgie dont nous fait part l'auteur relèvent à tout prendre de sa seule personnalité. Mais cette intrusion de la personnalité de Kafû dans son raisonnement fait précisément l'intérêt du passage. Elle nous rappelle en effet que sa résistance à la pression – ou à l'oppression – venue du monde extérieur, si réelle et courageuse qu'elle puisse être par ailleurs, ne va jamais jusqu'au bout d'une action positive contre la « fatalité » et se traduit toujours en définitive par le choix d'une voie de retraite qui lui permette, à lui au moins, d'y échapper – ou de faire semblant de le croire. La liberté ainsi acquise n'est évidemment qu'un leurre, et l'expression « à leur guise » que Kafû applique au développement des arts d'Edo dissimule difficilement le sophisme.

Que cette attitude soit révélatrice de faiblesse, c'est indiscutable ; mais la fausse liberté demandée à la retraite permet à Kafû de continuer sa résistance, c'est-à-dire de survivre en tant qu'« individu », et c'est sans aucun doute ce point qui pour lui est l'essentiel. Il n'est pas exclu par ailleurs que Kafû soit en partie redevable à cette faiblesse de la sévérité et par conséquent de la lucidité du jugement qu'il porte sur la société de son temps, ainsi que de son absence totale d'illusions sur la capacité de réformes de cette dernière. Ainsi tournerait paradoxalement à son avantage l'absence des qualités qui font l'honneur d'un Ôgai, car en fin de compte, c'est à lui et non à Ôgai que sur ce point l'histoire devait finalement donner raison.

Mais il convient d'examiner la question d'un autre point de vue si l'on ne veut pas donner de l'écrivain une image incomplète. Somme toute, Kafû se trouvait placé – et tous les hommes de plume de l'époque avec lui – devant un problème vital et quasi insoluble, celui de sa raison d'être en tant qu'écrivain ; ne peut-on penser que, pour tenter de le résoudre à sa manière, il a cherché consciemment à utiliser sa faiblesse même comme la seule arme disponible pour continuer une lutte qu'il n'avait peut-être pas le courage de poursuivre autrement, mais que, dans les circonstances de l'heure, il n'avait pas non plus le moyen de poursuivre autrement ? C'est bien, là aussi, une forme de courage ; et l'on ne voit guère ce qu'il aurait pu faire d'autre, lui qui n'avait pas dans l'administration la position élevée d'un Ôgai. Certes, il n'avait rien fait durant sa jeunesse pour occuper dans la société une place équivalente, mais y a-t-il encore des émules de la pensée confucéenne pour reprocher à un artiste de ne pas vouloir entrer dans la fonction publique ?

Revenons à *Ruzan no rakudo*. Après avoir affirmé la continuité des méfaits du passé et du présent, Kafû tentait donc de réhabiliter les arts et les écrivains d'Edo, et réussissait ainsi à opposer de nouveau les deux âges comme il l'avait fait si souvent. Le passé pouvait alors retrouver ses vertus de refuge et de racine. C'était, nous l'avons vu, grâce à une sorte de tour de passe-passe. Quelle qu'ait été, en effet, l'originalité de la littérature d'Edo, qui, dans l'étroit jardin où elle était obligée de se cantonner, a su mettre en valeur le moindre brin d'herbe et donner une charge poétique au chant même du moustique – et même s'il est vrai que, rejeté en marge de la société, le monde des lettres d'alors pouvait goûter une certaine insouciance – cette littérature n'en était pas moins l'envers de l'irresponsabilité, voire le masque derrière lequel l'artiste dissimulait la honte qu'il ressentait de l'inanité de sa fonction. Mais il n'en est pas moins certain que cette situation ne provenait pas d'un choix personnel, et qu'en tout état de cause, dans le Japon fermé de l'époque, qui n'offrait aucune idéologie de rechange à celle qui régissait la société, les écrivains eux-mêmes n'auraient su imaginer pratiquement d'autre voie possible pour leur art. Il y avait donc en eux une sorte d'innocence, que, quarante ans après l'ouverture du pays à l'étranger, Kafû avait évidemment perdue. C'est ce qui explique les termes d'« envie » et de « nostalgie » dont il use pour évoquer le « paradis de l'exil » à la beauté duquel il ne peut plus songer qu'« en rêve » et « où les artistes d'autrefois, qu'on nommait par dérision "divertisseurs", et par mépris "mendiants", se promenaient avec sérénité ». C'est ce qui explique également que, pour gagner ce refuge, il éprouve le besoin de faire appel à d'autres références, qui seront autant de justifications d'un choix qu'il veut faire, et parmi lesquelles on retrouve une fois de plus la notion de « l'art pour l'art » :

> *A la fin de l'Empire français et au début de la République, les poètes de l'école des Théophile Gautier et des Leconte de Lisle, revendiquant eux-mêmes la séparation de l'art et de la société, ont laissé au monde des poèmes aristocratiques beaux comme des perles…*

Et encore :

> *Certes, en principe, le grand art glorieux qui tire sa source du peuple d'un pays tout entier – et la Grèce une fois nous en a donné jadis un parfait exemple – doit naturellement progresser du même pas que la vie générale de la société. Mais si au contraire l'état de la société, à différents points de vue, ne semble pas propice à l'éclosion des tendres bourgeons de cette fleur qui a pour nom l'art, alors, c'est en adoptant une attitude de distance vis-à-vis de la société que l'art trouvera son bonheur.*

Mais Kafû ne se dupe pas longtemps sur la valeur du secours qu'il peut attendre de « l'art pour l'art ». *Zetsubô naru kana* (« Ah ! quel désespoir ! »), l'article qui suit immédiatement *Ruzan no rakudo,* le montre clairement. L'écrivain y parle de la situation du théâtre moderne. Le théâtre que réclamerait l'époque, ce n'est pas un théâtre historique bâtard de kabuki et habillé à l'occidentale avec plus ou moins de bonheur, mais un théâtre qui traiterait des problèmes de la société moderne. Malheureusement, la loi japonaise s'y oppose, qui « interdit de représenter les amours d'un étudiant », tient pour « le comble de l'infamie le fait de donner un rôle de méchant à un soldat de l'empire ou à un policier ». Dans ces conditions, poursuit Kafu :

> *… j'aurai beau m'agiter, pour le moment il ne me reste plus d'autre solution que de me faire de l'*art pour l'art[30] *une dernière justification et d'écrire des pièces historiques anodines en alignant simplement – ah, les fleurs ! ah, les oiseaux ! – de jolis caractères.*

En usant de ce terme « justification », Kafû marque avec une suffisante clarté les limites de ce recours et la conscience qu'il a de ces limites. Et le ton faussement badin sur lequel s'achève la phrase ne trompe pas sur ses véritables sentiments.

Kibô (« Espoir »), dernier texte de la série, la conclut de façon apparemment assez curieuse. L'activité de la censure qui bat maintenant son plein fait naître chez l'écrivain

> *… l'impression terrible et pourtant familière comme un rêve que le monde de Meiji est soudain revenu aux temps lointains de la révolte d'Amakusa*[31] *ou encore qu'il s'est transporté comme en un tourbillon jusqu'aux temps de l'isolationnisme, lorsque les Sakuma Shôzan et les Takano Chôei, enfreignant les interdictions, étudiaient la science des Hollandais.*[32]

30. En français dans le texte.

31. Allusion à une célèbre révolte qui eut lieu dans le Kyûshû à la suite des persécutions consécutives à l'interdiction du christianisme par le shôgunat des Tokugawa.

32. Après la fermeture du Japon, décrétée également par le shôgunat, les Hollandais cantonnés dans l'îlot de Dejima furent les seuls étrangers par lesquels allait être maintenu un contact avec le monde extérieur.

Bientôt va peut-être venir, continue Kafû, « un temps dramatique » où l'on se saisira des « hérétiques adorateurs de Vénus, de Bacchus et de Pan... ». Il imagine alors la scène non telle qu'elle pourrait réellement se produire, mais en costumes de l'époque d'Edo, telle qu'on pourrait la voir représentée dans un spectacle de kabuki. Puis il pose la question suivante : A supposer que les choses en arrivent jusque-là, quelle solution reste-t-il aux artistes ? Quel avenir pour les arts du Japon ? La réponse, inattendue, est celle-ci : devant l'impossibilité d'exprimer la moindre pensée neuve, le moindre fait véridique, il n'y aura plus qu'à écrire en anglais, en français ou en allemand – ce qui présentera l'avantage accessoire de résoudre d'un seul coup les problèmes de réforme de l'écriture sur lesquels on discute depuis des années. « Ainsi pourra naître au monde un Japon neuf, un Japon véridique. » Et il termine :

> *Il m'arrive parfois, fasciné par ces chimères, de souhaiter paradoxalement que le contrôle de la police sur les objets imprimés atteigne le dernier degré du déchaînement et de la violence. Espoir ! Espoir ! ...*

Il est trop évident que tout dans ce texte ne doit pas être pris à la lettre. Mais on ne saurait non plus sous-estimer sa signification en le considérant comme une simple boutade. Et l'on doit en particulier tenir compte du fait qu'il met le point final à la série des cinq articles que nous venons d'étudier et qui, lorsqu'ils parurent pour la première fois, furent publiés sans titre, comme un ensemble suivi. Il en est très exactement la conclusion. Comment faut-il alors comprendre cette conclusion ? Sa manière nous l'apprendra au moins autant que son contenu. Le mélange bizarre de cocasserie et de sérieux qui la compose, et qui frappe dès l'abord le lecteur, donne en effet une image symbolique de l'attitude qu'adopte Kafû au terme de la réflexion qu'il a menée jusqu'ici, et qu'il est convenu d'appeler « son attitude de *gesakusha* ». Il convient de préciser en quoi elle consiste.

Le cocasse, le fantasme, l'absurde comptent parmi les éléments essentiels qui composent l'esprit du *gesaku* ; c'est l'un des champs d'exploration qui restent à l'écrivain quand il ne peut plus exprimer ni ses idées, ni ses jugements, ni ses aspirations. Habiller en scène de kabuki le drame de l'époque et lui proposer comme solution dernière une utopie loufoque relèvent bien d'une forme d'esprit analogue. D'autant plus que, dans un certain sens, cette façon de procéder revient à se tourner soi-même en dérision, ce qui est aussi un caractère propre du *gesakusha*. Mais il y a le côté sérieux ; le sérieux, c'est la marge de liberté que possède l'écrivain de Meiji et qui lui permet, par exemple, d'écrire l'article dont nous parlons et ceux qui l'ont précédé. Cette liberté, si réduite soit-elle, dont l'écrivain d'Edo ne bénéficiait même pas, Kafû en use pour faire du cocasse, de l'absurde et de l'autodérision comme autant de pointes destinées à faire éclater la cocasserie, l'absurdité, la dérision dissimulées sous la violence de l'autorité ; mais le sérieux, c'est également le fait que la violence ne s'arrête pas pour autant ; du coup, le cocasse cesse d'être cocasse pour devenir grinçant, et c'est ce grincement que l'on entend dans les phrases de *Kibô*. On en entendra désormais l'écho loin dans l'existence de Kafû.

Il est un dernier point qui appelle explication, et qui est l'idée même sur laquelle est bâti l'article en question : pourquoi Kafû, au lieu de s'en tenir à un discours sur la situation présente et réelle, a-t-il eu besoin de pousser les choses au pire, ne serait-ce que par l'imagination ? Certes, supposer une hypothèse extrême et outrer les positions d'un adversaire sont mouvements naturels de la pensée polémique qui peuvent aider à l'analyse ou suggérer des arguments – à condition toutefois qu'ils soient suivis d'un retour à la réalité de départ. Or, ici, ce n'est pas le cas. Que le vœu exprimé par Kafû de voir arriver « ces temps dramatiques » soit un artifice rhétorique, personne n'en douterait ; mais il n'est pas moins certain que, sous cet artifice, se cache la réponse à la question précédente. En effet, il était nécessaire pour Kafû de se placer dans l'hypothèse extrême et de s'y tenir pour en arriver là où il voulait aller, savoir : poser au *gesakusha* – conclusion que n'imposait pas absolument la réalité présente, mais que lui dictaient ses amours, ses haines, sa personnalité. Toutefois, supposant le pire avant qu'il ne se produise, il usait de la marge de liberté qui restait à l'écrivain pour donner *par avance* à ses conclusions une signification et une efficacité qui ne pouvaient être totales que dans le cas précisément où l'hypothèse extrême, cessant d'être hypothèse, deviendrait réalité, et où il serait donc trop tard pour esquisser le moindre geste. C'est ce qui arrivera réellement quelque trente ans plus tard.

En janvier 1911 eut lieu le procès Kôtoku. C'est alors que Kafû croisa à plusieurs reprises les fourgons cellulaires où étaient enfermés les accusés. Selon *Hanabi*, on l'a vu, ces rencontres auraient eu une importance capitale dans l'évolution de sa vie et de son œuvre. Pourtant, si les analyses que nous avons conduites jusqu'ici sont exactes, leur influence fut moins grande, semble-t-il, que celle de l'ensemble des mesures d'oppression de la liberté de pensée et d'écrire antérieures au procès, et qui cristallisèrent, pour ainsi dire, la « fatalité » que Kafû, depuis son retour d'Occident, sentait peser sur le Japon. Et, en septembre 1910, la partie était déjà jouée. Cela dit, nous n'avons aucune raison de douter de la véracité des sentiments d'abattement et d'horreur qu'il a pu éprouver devant l'événement, ni du sentiment de honte qui l'aurait saisi devant sa propre incapacité à « crier justice ». Il n'est d'ailleurs pas impossible que l'on doive au malaise de sa conscience le passage en question de *Hanabi* ; ce dernier représente après tout la protestation la plus précise et la plus directe – si tardive soit-elle – qu'un écrivain de l'époque ait jamais rendue publique sur le sujet, durant toute cette période (si l'on excepte Hiraide Osamu, dont la situation en tant qu'avocat des accusés était un peu particulière). La version des faits que donne *Hanabi* pourrait bien être alors considérée non seulement comme un artifice littéraire destiné à frapper par une image forte l'imagination du lecteur, mais comme un moyen de dire après coup, mais de dire quand même, ce qu'il n'avait pas dit sur le moment, et d'alléger un peu, de cette façon, le poids de son silence.

De quels autres éléments d'appréciation disposons-nous encore ? En janvier de la même année 1911, Kafû écrit un article intitulé *Shinnen* (« Nouvelle année »). Il est difficile de décider si celui-ci fut rédigé avant l'ouverture du procès. De toute façon, si l'écrivain avait voulu y introduire après coup ne serait-ce qu'une allusion à la sentence, il aurait pu le faire facilement puisque l'article ne parut qu'en février dans la revue *Mita*. Il est consacré aux difficultés qu'éprouve une revue littéraire dans une société qui, depuis longtemps déjà, considère la littérature comme une (« débauche ») : il n'y a donc pas de public véritable et semblable publication ne peut être entreprise avec l'espoir d'en tirer un bénéfice financier.

Réponse aux critiques que rencontrait Kafû dans l'université, cette analyse n'est que le développement logique d'idées qu'il avait exprimées l'année précédente. La société japonaise n'a fondamentalement pas changé ; par conséquent, la littérature, comme à l'époque d'Edo, se séparera en deux courants : l'un populaire, l'autre relevé. Il l'avait déjà écrit dans *Ruzan no rakudo*. Cette division nette correspond à l'existence de deux publics : d'un côté des individus sans culture qui ne demandent rien de plus à la littérature qu'à un spectacle de foire par exemple, c'est-à-dire une pure distraction ; de l'autre, un groupe réduit qui se limite – à quelques exceptions près – très précisément aux écrivains eux-mêmes et qui forme ce petit monde en marge que l'on nommait sous Edo le *bundan* (« le monde de l'écriture »). Cela est si vrai que, de nos jours encore, même si les conditions ont profondément changé, cette distinction survit avec tous ses inconvénients dans la distinction entre *jun-bunkagu* (« littérature pure ») et *taishû-bungaku (* « littérature populaire »). Il est évident qu'un tel état de fait explique les difficultés dans lesquelles se débattent les romanciers japonais contemporains et l'impossibilité que naisse parmi eux l'équivalent d'un Balzac par exemple.

Le seul passage qui serait éventuellement susceptible d'être considéré comme une allusion à l'événement est celui dans lequel, élargissant le problème, Kafû écrit :

> *Nés dans un Japon prisonnier de préjugés selon lesquels la littérature est nuisible à la nation et à la société, les hommes de lettres japonais disent vouloir faire des lettres une profession comme les autres. Pour ma part, je ne puis que m'étonner de l'excès de violence d'une attitude aussi illégitime. Dès le début, l'on sait parfaitement que cela conduit au malheur de l'individu et à la misère d'une famille.*

Dans cette situation, la littérature ne saurait être considérée que comme une « débauche », et la seule sécurité qui lui reste, c'est que « la loi ne peut balayer tout ce qui est illicite », c'est-à-dire l'envers de la vie de la société. « L'abondance et la prospérité des lieux de plaisir » en témoignent. Sous une forme différente, nous avons ici l'équivalent de ce que Kafû écrira plus tard dans *Hanabi*.

On est loin du « bonheur » que l'art était censé trouver dans « une attitude de distance vis-à-vis de la société ». Et il est probable que les sentiments d'amertume et de solitude exprimés dans ce passage traduisent plus fidèlement le fond de la pensée de Kafû – à savoir le doute qu'il éprouve au sujet de lui-même et du sens de son état d'écrivain – que ne le faisaient ses références antérieures à une théorie de « l'art pour l'art » qu'il n'a jamais réellement mise en pratique, ou que ses paradoxes sur un impossible paradis de l'exil. Et le fait, absolument exceptionnel à ce moment de son existence, qu'il restera trois mois sans prendre la plume, est bien significatif de ce désarroi. Mais pour sauver ce à quoi il tenait par-dessus tout, son autonomie, et lui donner la double garantie de l'art et de la tradition, il lui fallait goûter à la honte qui est le lot de ceux qui cherchent leur salut dans la retraite.

Certes, en déclarant adopter une attitude semblable à celle des écrivains d'Edo, Kafû cédait au courant où l'entraînait sa nature foncière. Mais, et ce n'est pas le moindre paradoxe de ce choix, il donnait par ce fait même, à cette attitude, à défaut de rigueur intellectuelle, une solidité existentielle inébranlable. Plus qu'une tour d'ivoire, ce lieu de repli où il s'installe et où l'attachent avec sûreté à la fois ses goûts, ses rêves, ses passions, son égoïsme, son caractère rétif et ombrageux, apparaît comme une forteresse inaccessible de l'individu en face de l'Etat tout-puissant.

En fait, le rusé Kafû réussit en même temps à faire de sa retraite une arme plus efficace que les efforts d'un Ôgai par exemple. Certes, il assimile sa retraite à celle des écrivains d'Edo ; mais les écrivains d'Edo n'avaient, comme on l'a vu plus haut, pas le choix de leur condition, et, par conséquent, elle n'était pas porteuse d'une signification particulière. En revanche, lorsque dans une société comme celle de Meiji, on est le seul à affirmer qu'il n'est pas d'autre solution pour un écrivain que de ravaler sa condition à celle des anciens « divertisseurs », et que, des années durant, tout en s'appliquant, d'une part à suivre leur trace avec plus ou moins d'exactitude, on continuera de l'autre à expliquer sans cesse que la société et l'Etat ne laissent ouverte aucune autre possibilité, il est évident que l'on donne à son attitude une signification très précise et que cette attitude est, au total, attitude de combat. Il y a là une différence fondamentale avec le véritable *gesakusha*. Mais il faudra plusieurs années avant que cette attitude, cessant d'être posée, se transforme en une réalité vécue originale et ne donne à l'écrivain son visage définitif. Kafû devra pour cela rompre un à un les ponts qui le rattachent à la société officielle, et devenir le parfait solitaire de Henki-kan. Mais la rançon de cet effort sera le dessèchement d'une inspiration romanesque qui, pour se nourrir, a besoin des contacts et des conflits que Kafû refusait. Les pages d'*Ame shôshô* sont, dans une large mesure, le reflet de ce drame de l'artiste.

II

DES LENDEMAINS DE « L'AFFAIRE » A LA RETRAITE DE HENKI-KAN

On dit souvent au Japon qu'il faut dix ans pour passer maître en quelque voie que ce soit, qu'il s'agisse de celle du thé, du *shamisen* ou du haikai par exemple. Ce sont aussi dix années qui seront nécessaires à Nagai Kafû pour mener à terme ce nouvel apprentissage de la voie qu'il s'était définie et pour atteindre sinon le « bonheur » de l'art, qu'un moment, il avait envisagé, à tout le moins cet état d'assurance et de satisfaction que donne l'exacte conformité de l'intention et de l'action, de l'œuvre et de l'existence, en un mot, l'accord harmonieux de soi avec soi-même, à défaut d'un accord avec le reste du monde. Ceci suppose, au lendemain d'événements qui avaient remis en question les fondements (parfois équivoques) d'un équilibre antérieur, l'élaboration d'un certain nombre de définitions nouvelles : définition d'un projet plus riche de contenu et de possibilités que celui d'être un simple divertisseur, définition d'un type d'existence qui non seulement soit significatif de ce projet, mais qui en soit pour ainsi dire l'expression même, définition et, plus concrètement, délimitation d'un univers dans lequel ce projet, cette existence puissent s'intégrer avec vraisemblance.

Kafû n'est pas un philosophe. Son entreprise ne se situe donc pas au niveau théorique ni à celui de l'abstraction. Elle se développera dans le domaine concret et quotidien de l'art d'écrire et de l'art de vivre. Ce qui explique que l'examen que nous nous proposons de faire de ces dix années de la vie et de l'œuvre de l'écrivain manquent peut-être de cette belle ordonnance qui satisfait l'esprit, mais à laquelle n'atteignent que les systèmes et les constructions intellectuelles. Ceci ne veut pas dire cependant que toute cohérence sera absente de ces dix années, loin de là : car même les hésitations, les heures de lassitude ou de faiblesse, ne seront, à tout prendre, que des moments inévitables d'une démarche d'autant plus aléatoire qu'elle est démarche d'isolé, sans modèle véritable à qui se référer en toute certitude. Comment Kafû aurait-il pu, au reste, résoudre sans tâtonnements ce difficile problème : être l'un des premiers Japonais à « vivre en individu » tout en restant attaché à une culture d'ancien régime, problème compliqué du fait que ces deux attitudes étaient également contraires aux tendances générales de l'époque ?

L'année 1911 sera une année maigre. Sans doute n'est-ce pas un hasard si l'un des premiers écrits qui suivent l'affaire Kôtoku est une étude sur l'*ukiyo-e,* ce grand art alors méprisé qui fut certainement l'expression artistique la plus parfaite du peuple d'Edo ; l'intérêt que lui porte Kafû n'est certes pas nouveau puisqu'il remonte déjà au temps de son enfance ; ce n'est de surcroît qu'une annonce encore lointaine du grand travail de recherche que l'écrivain entreprendra deux ans plus tard sur le sujet, et pour lequel il n'est pas encore prêt. Il n'en est pas moins vrai que le fait possède une valeur symbolique, non pas tellement en tant que révélateur d'un goût pour le passé affirmé de longue date, mais dans la mesure où il répond bien aux préoccupations présentes de Kafû, soucieux depuis peu d'explorer à son tour les voies étroites empruntées avec succès par les artistes de jadis.

Pourtant, ce qui domine cette année-là, c'est une double nostalgie : celle de l'Occident, certes, mais celle aussi des débuts de Meiji, époque heureuse qu'il retrouve dans les livres ou les souvenirs de la petite enfance, époque où tout semblait possible à des esprits ardents et hardis, et où l'harmonie héritée du passé n'était pas encore perdue.

Pourtant, ces nostalgies se présentent sur un mode un peu singulier qui apparaît de manière particulièrement frappante dans *Ano hitotachi* (« Ceux de là-bas »). Quelles sont en effet les silhouettes que Kafû évoque dans ce petit ouvrage ? Paradoxalement, ce ne sont ni celles d'Américains d'Amérique, ni celles de Français de France ; mais ce sont celles d'un M. Bernard et d'une dame Dutour, deux vieillards qui furent respectivement son professeur de français et sa logeuse, au temps où ils résidaient à New York et y menaient une existence solitaire d'exilés qui n'ont pas oublié le pays de leurs pères, mais savent qu'ils n'y retourneront jamais. Ils sont en quelque sorte à l'image de l'écrivain : car l'exil, c'est un peu le sentiment qu'éprouve alors Kafû lui-même à l'intérieur de sa propre patrie. C'est bien aussi ce qu'expriment, entre autres, ces lignes de *Mushiboshi* (« En aérant mes livres ») où il évoque les débuts de Meiji :

> *Si l'on fait la comparaison avec l'époque actuelle, maintenant que quarante-quatre ans ont passé, et vu la situation du monde de la pensée en train de s'atrophier sous la pression du militarisme, on a l'impression, peut-on dire, de vivre un rêve éveillé.*[33]

Il y a dans cette phrase quelque chose de surprenant. Et de significatif. L'écrivain y opère en effet – consciemment ou non, cela ne change rien à l'affaire – une véri-

33. *Œuvres complètes*, éd. Iwanami, t. XIII, p. 125.

table inversion de l'ordre des facteurs : car il n'a pas connu personnellement ce passé ; il ne peut que le reconstituer d'après les livres qu'il vient de sortir de sa bibliothèque, et c'est donc à ce voyage de l'imagination que devrait s'appliquer l'expression de « rêve éveillé ». Mais cette dernière, transportée sur le présent en dépit de toute logique et de toute chronologie, rend compte parfaitement des sentiments d'un homme dépaysé chez lui, dans son époque, d'un « étranger » somme toute – comme on dirait aujourd'hui. L'on peut voir aussi là un effet de la grande lassitude ressentie par Kafû après la lutte intense qu'il a menée avec le monde et avec lui-même depuis son retour d'Occident ; la plainte qu'il exhale dans *Kaiyo no tabi* (« Voyage sur mer ») le laisse en tout cas supposer : « Ah ! ces deux, trois années, j'ai trop souffert de la double pression de la société et de l'art ! »[34]

Etranger donc, mais de quelle patrie ? Celle où se réfugie toujours et partout le poète marqué de romantisme, lorsque se détournant d'un réel trop douloureux, il aspire à se retrouver lui-même, « loin du monde et du bruit ».

> *Que les tendances de l'époque soient mauvaises, alors je m'écarte, silencieux, je me cache dans ma tour d'ivoire, et, dans le libre pays du rêve où me conduisent mon imagination et mes désirs, je laisse flâner ma fantaisie.*[35]

Peut-être est-ce une image de ce pays qu'il cherche durant les vacances de l'été 1911 en se rendant à Nagasaki, pour l'un des rares voyages qu'il fera jusqu'à sa mort ; c'est le voyage décrit dans *Kaiyô no tabi*, déjà cité plus haut. Goûtant « l'apaisement et la solitude »

34. *Ibid.*, p. 133.
35. *Ibid.*, p. 125.

que lui procure « le balancement du bateau », voilà qu'« il se sent enfin revivre ». Pourtant, plus important pour lui encore est le sentiment qu'il éprouve dans la chambre d'hôtel à l'européenne où il s'arrête : le sentiment d'« exister en tant qu'individu séparé ». Comme Antée retrouvait ses forces en touchant la terre, Kafû devait en quelque sorte toucher du doigt cette réalité de son « être à part » dont il avait eu révélation en Occident, et sans laquelle son art était privé de son point d'appui nécessaire ; il lui fallait s'en réassurer sous peine de voir son entreprise se dissoudre dans le trop vague d'une rêverie sans objet, et, pis encore, sans sujet. Il n'avait évidemment pas choisi au hasard, comme but de son voyage, la ville de Nagasaki, la seule du Japon à avoir été en permanent contact avec l'étranger pendant l'ère de l'isolationnisme.

La fin de l'année lui fournit un autre sujet de satisfaction : celle de découvrir et de faire connaître, en lui ouvrant les pages de la revue qu'il dirigeait, un jeune écrivain qui devait faire parler de lui et dont le curieux mélange d'esthétisme et de « diabolisme » ouvrait une voie nouvelle et originale aux lettres japonaises : il avait nom Tanizaki Jun'ichirô.

En revanche, les relations de Kafû avec l'université n'allaient pas pour le mieux ; à vrai dire, dès le début, il semble que son recrutement ait été l'objet d'une équivoque : l'administration de Keiô, dont la section littéraire était en perte de vitesse très sensible, avait voulu redorer son blason et attirer les étudiants en utilisant le nom d'un des jeunes lions du monde des lettres à l'apogée de sa gloire. Elle n'avait au reste pas lésiné sur les moyens puisqu'elle lui avait offert pour s'assurer ses services le traitement le plus élevé de l'université, ceci malgré son jeune âge et son absence de diplômes. Mais le résultat escompté une fois atteint, elle trouva à redire à ce que la revue dont elle avait confié à Kafû la responsabilité pleine et entière, subît de temps à autre les foudres de la censure. Elle en vint bientôt à pleurer le déficit de ladite revue, déficit qui était pourtant dès le début dans l'ordre normal des choses, à partir du moment où elle avait souhaité concurrencer en qualité la revue de Waseda – l'autre grande université privée de la capitale. Elle se mit donc à exercer sur l'écrivain un contrôle d'autant plus vexatoire qu'il avait été précédé d'incidents déplaisants dus à des jalousies, et de gestes parfois odieux, tel le placardage anonyme, dans la salle des professeurs, d'un article diffamatoire découpé dans les colonnes d'un journal scandaleux, et qui resta là affiché de longs mois avant de disparaître aussi mystérieusement qu'il était venu. Est-il besoin aussi de parler de la réprobation dont on entourait ce maître qui déshonorait sa fonction par une fréquentation assidue du monde des geishas ? Ceux qui connaissent bien le Japon savent combien il y est difficile aujourd'hui encore d'établir une ligne de démarcation nette entre la vie professionnelle et la vie privée ; il n'existe du reste pas de mot japonais pour nommer cette notion nouvelle que l'on désigne à l'aide du mot d'emprunt *privacy*. Quoi qu'il en soit, en regard de ces griefs variés, peu importait que Kafû ait été, selon le témoignage de ses étudiants, qui le vénéraient et dont beaucoup durent à son enseignement une vocation d'écrivain[36], un professeur d'un sérieux et d'une ponctualité exemplaires, ce qui n'est pas toujours le cas chez les professeurs des universités, fussent-elles japonaises.

1912. C'est la dernière année du règne de Meiji et la première de celui de Taishô. Ce fut aussi une meilleure année dans la production de Kafû. Pourtant, si l'on excepte deux tentatives assez peu réussies de théâtre

36. Voir, à propos de tous ces faits, Ono Shigeo, *Kafû nikki kenkyu*, Tôkyô, Kasama-shoin, p. 123-139.

sérieux, les œuvres qu'il écrivit alors n'étaient pas faites pour réjouir ces messieurs de Keiô, d'autant plus qu'elles furent, pour l'essentiel, publiées dans leur revue. Qu'il s'agisse en effet de *Shôtaku* (« Maison de maîtresse ») ou de *Shinkyô Yawa* (« Histoire des nuits de Shimbashi »), les titres sont déjà par eux-mêmes assez révélateurs de l'intention de l'écrivain de renouer avec la tradition des ouvrages légers, les *gesaku* des siècles précédents, qui prenaient l'essentiel de leur matière frivole dans le monde de la galanterie.

Gesaku, « Maison de maîtresse » l'est certes par son thème puisqu'il décrit l'existence que mène auprès de ladite maîtresse un personnage affublé plaisamment du nom équivoque de maître Chin-chin ; il l'est aussi par un certain ton fait d'humour et d'apparente gravité dans le traitement de l'insignifiant ; il l'est enfin par la distinction implicite – et essentielle au genre – que l'auteur établit entre le « connaisseur » (ici maître Chin-chin) d'une part, et le troupeau des « rustiques » d'autre part. Mais l'ouvrage est autre chose que cela : autant et plus qu'à divertir, il vise en effet à expliquer, à justifier la position qui consiste pour l'écrivain à opter en faveur d'une littérature de « divertissement », position qui ne serait au reste qu'un cas particulier d'une attitude plus générale de refus et de retraite imposée par les circonstances. Le héros – ou plutôt l'antihéros – de *Shôtaku* réunit les conditions nécessaires pour se faire en l'occurrence l'interprète de Kafû, tant du point de vue particulier que du général, puisque écrivain lui-même il doit, entre autres, cet état à la « philosophie » qui est devenue la sienne. Sa carrière en tout cas n'est pas sans rappeler avec humour celle de Kafû lui-même :

> *Maître Chin-chin – peut-on lire au chapitre* VI *– avait d'abord écrit des romans que lui dictait sa sensibilité ; mais à peine les avait-il publiés que le ministère de l'Intérieur en interdisait la vente pour*

outrage aux mœurs, que les éditeurs lui réclamaient des indemnités, que le monde des lettres lui accrochait successivement comme autant de placards d'infamie les qualificatifs injurieux de « chantre de la volupté et de la mélancolie », de « débauché » et de « passéiste » ; mais maintenant, par une heureuse chance, sa réputation était descendue au niveau de « marchand de plume qui mange à l'écuelle des revues littéraires spécialisées pour oisifs supérieurs et jeunesse dévergondée ».[37]

Maintenant, lassé de combattre, il s'est résigné à « jouer le jeu de la société », mais pour y parvenir, il a senti la nécessité de trouver « un lieu retiré et ignoré des hommes pour faire de temps à autre la lessive de son existence »[38]. Ce lieu, c'est la maison qui fait l'objet du titre, et dans laquelle il vient goûter d'une existence discrète d'anachorète intermittent, mais pas tout à fait solitaire puisqu'il retrouve là non seulement « l'atmosphère qu'ont connue les anciens artistes » mais l'une de ces geishas pour lesquelles il professe, au même degré que son créateur, une dilection particulière.

Le *gesaku,* le pavillon secret, la femme cachée, ces trois éléments riches en affinités composent le domaine d'art et d'artifice que l'écrivain oppose à la réalité crue et brutale de son siècle ; domaine dérisoire, il est vrai, mais c'est ce caractère même qui fonde la nature du *gesaku* – arabesque sur le fond de rien ou de presque rien – et celle du *gesakusha,* pour qui le rire, le détachement, l'art futile ne sont que les vêtements dont il s'amuse à habiller l'éternel éphémère. Naturellement, Kafû est parfaitement conscient de cette faiblesse ; bien mieux, il la recherche parce qu'elle est telle. Il a besoin en effet de cette autodérision s'il veut atteindre à un

37. *Shôtaku,* in *Œuvres complètes,* éd. Iwanami, t. XIII, p. 203-204.
38. *Ibid.*, p. 190.

niveau de démérite suffisant pour en tirer l'efficacité qu'il espère, car c'est bien cette volonté, parfaitement absente du véritable *gesaku,* qui anime l'ouvrage et lui donne sa signification centrale, qui est signification polémique.

Certes, la condition de *gesakusha* ne possédait par elle-même aucune charge polémique ; mais, étant donné les circonstances historiques qui avaient présidé à la naissance de ce type d'écrivain, elle offrait une matière privilégiée pour fonder un discours de cet ordre : il suffisait pour cela d'expliciter et de dénoncer le processus qui, dans le monde contemporain, conduisait l'écrivain à cette condition. C'est ce que fait *Shôtaku.* Et dans cette perspective, tout ce que comporte l'ouvrage comme part de « divertissement » à la manière des écrivains d'Edo réclame une lecture que l'on dirait aujourd'hui au second degré, dans laquelle elle apparaît comme élément nécessaire pour donner corps et vraisemblance à la démonstration, mais aussi comme repoussoir ironique en face d'une société dont l'auteur comme son héros rejettent les principes, même s'ils n'ont pas vraiment rompu tous les ponts avec elle.

Nous sommes là évidemment très loin du véritable *gesaku* ; celui-ci n'ignorait sans doute pas la satire – celle des mœurs à défaut de celle de la société – mais une pareille entreprise d'autojustification, un pareil souci d'établir finalement son mérite et sa dignité à partir de sa déconsidération même lui étaient parfaitement étrangers. En revanche, il n'est pas impossible que Kafû ait eu une intuition très profonde de certains états d'âmes fugitifs et secrets de ses prédécesseurs lorsqu'il écrivait de son héros dans sa retraite obscure et humide : « Il éprouvait à la fois un bonheur, une tristesse, une solitude à lui tirer des larmes et une satisfaction ironique inexprimable. » [39] A moins que ces sentiments, et plus

39. *Œuvres complètes,* éd. Iwanami, t. XIII, p. 192.

encore la conscience de ces sentiments, soient la marque propre d'un esprit et d'une sensibilité modernes, fortement frottés à la littérature française de la deuxième moitié du XIXe siècle ?

Il n'est pas très aisé de déterminer avec exactitude dans le projet de l'ouvrage et dans l'attitude qu'il préconise, quelle part revient au jeu provocateur délibéré et quelle autre à la pente où sa nature incline l'écrivain. Et cette ambiguïté, ajoutée à celle, intrinsèque, de la situation où Kafû s'installait en posant au *gesakusha* sans l'être et tout en l'étant, a amené certains à interpréter sa démarche dans le sens le plus défavorable. A vrai dire, il faut bien reconnaître que cette démarche eût été beaucoup plus convaincante si Kafû s'était toujours montré dans le passé un homme de vertu et s'il n'avait jamais manifesté d'attirance pour les arts et les lettres de l'époque d'Edo. Mais il est bien évident aussi que dans une pareille hypothèse, il n'en serait jamais venu à choisir le chemin qu'il empruntait aujourd'hui et dans lequel on reconnaît l'homme avec ses défauts, mais aussi avec ses qualités. Du reste, il est un point au moins qui ne prête ni à contestation ni à équivoque : c'est la constance avec laquelle il s'attache à poursuivre sa quête de la beauté à travers les difficultés d'un cheminement personnel somme toute assez périlleux. Et dans la mesure où l'éthique n'est pour lui qu'un chapitre de l'esthétique, on pourrait déjà trouver là une réponse pour ceux de ses critiques qui ne voulaient voir en lui qu'un débauché soucieux de justifier à l'aide d'arguments spécieux une conduite contestable. Il semblerait davantage prêter le flanc à l'accusation d'esthétisme, encore qu'il la récuse. La « satisfaction ironique inexprimable » dont il était question tout à l'heure et que Kafû savoure en connaisseur comme une nourriture rare et raffinée, témoignerait dans ce sens ; mais elle s'entoure si subtilement d'un appareil complexe de mélancolie, d'autodérision et de passion mal contenue, qu'il est difficile d'accepter une définition aussi simplifiée de l'attitude de l'écrivain. Ce serait oublier aussi quelle partie il était en train de jouer. En effet, plus profondément, il s'agissait pour lui, à travers le jeu du sourire et de la tristesse, du sarcasme et de l'humour, du presque vrai et du pas tout à fait faux, de recomposer les fondements perdus de son art, c'est-à-dire, tout bonnement, de sa vie. L'esthétisme suppose un peu plus de légèreté et de détachement.

L'image de la beauté que propose *Shôtaku* n'est pas non plus purement formelle, et si, comme on pouvait s'y attendre, elle descend en droite ligne de celle d'Edo, il ne faut pas voir là la simple expression du « goût » de l'écrivain, quelle que soit l'importance – spécialement dans le dernier chapitre de l'ouvrage – qu'il attribue à cette dernière notion. Que découvre en effet maître Chin-chin en sa maîtresse et dans le décor du pavillon ? Une beauté « mélancolique » qui, « née de l'influence de l'éducation d'une époque despotique », est sœur d'élégance et de faiblesse, et s'oppose à la lourdeur qui accompagne la barbarie[40]. On est plus proche ici d'une beauté « spirituelle » au sens baudelairien du terme, que de celle d'un tenant des doctrines de « l'art pour l'art ». Il convient de noter aussi que par cette définition, Kafû esquive le reproche de « passéisme » : il dote en effet cette beauté d'un caractère ambivalent analogue à celui qu'on trouve à la base de son attitude de *gesakusha* et qui cherche à résoudre la tension passé-présent par un processus d'actualisation du passé et de « passéisation » du présent – ou plutôt de certains de leurs aspects. D'un côté donc, le présent, qui n'a rien oublié du despotisme de naguère, justifie par là même aujourd'hui la permanence de la beauté d'hier ; mais réciproquement celle-ci devient, pour sa part, la dénonciatrice en quelque sorte de ce même présent. On comprend alors que sauver la poésie du passé, ce n'est pas seulement

40. *Œuvres complètes*, éd. Iwanami, t. XIII, p. 211-212.

pour Kafû y chercher consolation et refuge, ce n'est pas non plus montrer préférence pour un despotisme plutôt que pour un autre, mais c'est façon d'accuser l'infériorité spirituelle de celui du jour par rapport à celui de jadis. C'est en même temps vouloir accorder une valeur sinon universelle, du moins permanente, en un Japon soumis à la « fatalité du sol et des saisons », à la qualité d'harmonie, qualité à laquelle Kafû attache un prix d'autant plus grand qu'elle s'enfuit à grands pas du nouveau monde affairé, affairiste, où le peuple lui-même – avide des fantasmes dont les clercs et l'Etat se font les pourvoyeurs – se hâte hardiment vers la décomposition de son identité.

> *Le long kimono de soie incommode à la marche, la maison obscure aux parois tendues de papier, la langue harmonieuse et riche en voyelles... Les canons de la beauté de la femme japonaise, en accord avec tout cela, ne sont pas à chercher dans le mouvement, mais dans le repos.*[41]

Et ceci, ajoute-t-il, est applicable à tout le Japon où la faiblesse et l'éphémère des choses expliquent toute la poésie.

Permanence et harmonie : tentative de définition d'un « universel » propre au « particulier » japonais ; Kafû ne s'efforce-t-il pas, en dépit des obstacles, de réunir les conditions d'une sorte de classicisme que le Japon n'a jamais pu connaître ? Vaine tentative sans doute puisque, paradoxalement, la première des conditions pour y accéder consistait à le chercher derrière la clôture d'une « retraite écartée ». Kafû était conscient de cette contradiction ; et c'est ce qui explique l'accent mis sur une mélancolie dont il est redevable non pas à la seule tradition, mais à sa condition d'écrivain moderne.

---

41. *Ibid.*, p. 209.

Shôtaku nous était apparu comme une explication de l'attitude de *gesakusha* de Kafû. De cette même attitude, les nouvelles de 1912, réunies dans *Shinkyô Yawa* (« Histoires des nuits de Shimbashi »), semblaient vouloir se donner comme l'illustration. Et, de fait, avec ces nouvelles qui, comme le titre l'indique, prennent pour cadre le célèbre quartier de geishas alors à la mode, l'auteur inaugurait la longue série des œuvres qu'il devait désormais consacrer au monde du plaisir ; il concrétisait ainsi, au moins de manière formelle; la décision de renouer avec la tradition des « divertisseurs », avec celle de l'école Kenyusha (« les amis de l'écritoire »), qui, dans les années trente de Meiji, avaient tenté de rajeunir et de moderniser l'inspiration traditionnelle en la frottant au réalisme appris dans les littératures occidentales. C'est en tout cas ce que confirme le texte *Kawaya no Mado* en date de 1913, dont nous avons déjà parlé à la page 77 de la présente étude, et dans lequel Kafû s'explique sur la genèse de *Shinkyô Yawa :*

> *J'avais pensé que les grandes émeutes des chômeurs de la Ligue du tramway, au dernier jour de décembre de Meiji 44, serait un bon sujet de théâtre ou de roman, mais à la réflexion, je compris qu'il ne servirait à rien de tenter l'expérience, car finalement, notre époque ne le permettrait pas ; aussi abandonnai-je de moi-même. J'écrivis alors* Kaketori *(« L'Encaissement »), ce morceau innocent qu'on trouve dans* Shinkyô Yawa... [42]

Si tout porte à penser que Kafû n'était pas vraiment l'homme d'un ouvrage à la Zola, prenant pour thème un grand conflit social, rien ne permet en revanche de suspecter la sincérité de cette déclaration, comme le fait

42. *Œuvres complètes,* éd. Iwanami, t. XIII, p. 184.

entre autres le critique Amino Yoshihiro[43]. On ne saurait non plus accepter pour mettre fondamentalement en cause l'intention de l'écrivain – thèse avancée un peu hâtivement par Seidensticker[44] : selon celui-ci, en effet, la présence dans le recueil d'un certain nombre de nouvelles antérieures à 1912 et même à l'affaire Kôtoku interdirait d'expliquer – ne serait-ce que partiellement – l'évolution de Kafû à la lumière des événements des années 1910-1911 ; dans l'interprétation minimale, le fait traduirait tout au plus – et de cela personne ne discute – le goût déjà ancien de Kafû pour une certaine atmosphère littéraire, et dans l'interprétation maximale, il montrerait que sa sensibilité extrême au mal de son temps lui avait permis de pressentir, plus tôt qu'à un autre, où conduisaient les tendances de cette époque. Cette dernière interprétation nous paraît la plus vraisemblable.

En revanche, encore une fois, on risquerait d'être dupe si l'on voulait prendre au pied de la lettre tout ce que dit Kafû et ne pas distinguer, selon le mot de Montaigne, la peau de la chemise. Mais la lecture de *Shinkyô Yawa,* malgré son ton, ou plutôt à cause de son ton faussement naïf et réellement narquois, permet assez facilement d'éviter ce risque :

> *Je donne pour titre à cet ouvrage – pouvons-nous y lire –* Histoire des Nuits de Shimbashi. *Les nouvelles qui le composent traitent toutes sans exception de geishas. Quelle est l'intention profonde d'un auteur lorsqu'il écrit sur de tels sujets ? Vise-t-il à réaliser, en misant sur les goûts d'une époque vulgaire, une fructueuse opération commerciale ? Veut-il, comme le fait Daudet dans le récit auquel il donne le titre*

43. *« Shinkyô yawa no seiritsu »,* in : Miyagi Tatsurô éd., *Kafû no bungaku,* p. 129-133 (Ôfûsha, *Kindai no bungaku* VI).
44. *Kafû the Scribbler,* Stanford University Press, 1965.

révélateur de : Histoires des mœurs parisiennes, *et où il décrit l'existence légère et brillante des femmes de la ville, fonder l'intérêt sur une base purement esthétique ? Ou bien, comme c'est le cas d'Augier quand il publie la pièce* L'Olympe, *ou plus récemment de Margueritte, quand il écrit* La Prostituée, *est-ce par désir d'étudier de manière approfondie les problèmes d'une société ou d'une morale rigide ? Ou encore est-ce simplement l'envie, comme dans* Manon Lescaut *de l'abbé Prévost, de conter pour l'éternité une belle et triste histoire d'amour ? Je laisse entièrement à la sagacité du lecteur le soin d'en décider.*[45]

Quand bien même on manquerait de cette sagacité, il est tout de même assez clair que l'écrivain laissait les portes de sa tour d'ivoire encore passablement ouvertes sur l'extérieur. Et en réalité, ces nouvelles sont loin d'avoir le caractère érotique que pouvait laisser supposer un titre à l'allure délibérément provocatrice ; ne serait-ce le choix du monde qu'elles dépeignent, elles ne sauraient guère rappeler, ni par leur manière ni par leur contenu, les ouvrages jolis et séduisants mais de mince signification, laissés par les romanciers et novellistes de l'ère d'Edo sur les mœurs des quartiers de plaisir. Certes, une nouvelle comme *Kasagokochi* semble faire exception et se rattacher directement et visiblement à la tradition des *nin-jôbon*, les « livres sentimentaux » de la fin d'Edo. Mais l'existence au ralenti que mènent les personnages, une geisha malade et son amant fatigué de la vie, traduisent trop bien l'un des aspects de l'âme du Kafû d'alors pour qu'on y voie un simple jeu de l'écrivain. Et à vrai dire, si ce bref morceau est le chef-d'œuvre du recueil, la raison en est sans aucun doute la parfaite adéquation du thème et du ton, aussi bien avec

45. *Shinkyô Yawa*, in *Œuvres complètes*, éd. Iwanami, t. V, p. 75.

les intentions délibérées de l'écrivain qu'avec la lassitude mélancolique souvent présente dans ses ouvrages antérieurs, et qui s'exacerbe aujourd'hui. Pourtant, les autres pièces du recueil témoignent que là n'est pas le tout de la personnalité ni du talent de Kafû.

Tantôt, c'est dans *Iro-otoko* (« Un galant »), le récit moqueur où il compte les mésaventures amoureuses d'un coq de quartier dont la carrière tourne court et qui se console de ses déboires en se rangeant. Tantôt, dans *Meika* (« Une fleur en renom »), c'est la peinture sarcastique de l'ascension d'une geisha ambitieuse, froide et sans scrupules. Ou bien encore c'est *Satsuki-yami* (« Sombre mai ») qui nous décrit avec sobriété la chute d'une geisha que sa faiblesse destine au malheur, et qui, victime de la cruauté, de l'insensibilité et de l'hypocrisie des autres, devra finir ses jours dans un bordel de bas étage en Corée.

Autant de tableaux aux teintes variées qui révèlent les différentes facettes du talent de conteur de Kafû. Mais, par-delà le pittoresque et la diversité de l'ensemble, se dessine en filigrane l'ambition plus profonde de peindre quand même la société de son temps, serait-ce en la regardant par le bas. En effet, pour être un monde à part, doté de ses propres règles, le monde de la galanterie n'en est pas moins en contact permanent avec la société, et, du fait de sa vulnérabilité, il se comporte à son égard en bien des cas comme un révélateur particulièrement sensible et véridique de ses tares ; et le fait d'être au milieu du Japon moderne une survivance, un « conservatoire » du passé, dira l'écrivain, ne peut qu'accuser cette fonction. Les plus réalistes d'entre ces nouvelles savent jeter des lumières inquiétantes sur la civilisation et la mentalité de la nouvelle cité industrielle, société dure au faible, où prévaut la loi de l'or, de la puissance, du succès, et qui rejette du champ de ses préoccupations les valeurs de sensibilité. *Satsuki-yami* en est certes le meilleur exemple, mais *Kaketori*

(« L'Encaissement »), qui nous montre une servante de maison de rendez-vous complètement perdue, véritable « étrangère » – elle aussi – au milieu d'une ville indifférente ou hostile, pleine d'embûches pour son ignorance, n'est de ce point de vue pas tout à fait aussi innocente que Kafû voulait bien le prétendre. C'est pourquoi l'on est en droit d'estimer que, tout bien considéré, « Les Nuits de Shimbashi » révèlent chez leur auteur autant le disciple de Maupassant que le continuateur des *gesakusha* des siècles précédents. Restaient cependant des limites imposées à cette ambition de l'écrivain. Dans la première édition du recueil, le titre de *Satsuki-yami* figure bien à la table des matières, mais le texte de la nouvelle est absent du livre. Si donc, au dernier moment, pratiquant ce qu'on nommerait aujourd'hui l'autocensure, Kafû éliminait de l'ouvrage ces pages les plus virulentes et hardies, ce n'était certes pas dans le seul dessein de démontrer, poussé par le simple souci de persuader, ou de se persuader, de la véracité de ses analyses sur la condition de l'écrivain moderne. Le fait même que cette décision ait été une décision de dernière minute démentirait une telle interprétation. Non, en procédant de la sorte, il ne faisait que sauver l'ensemble du recueil en sacrifiant de lui-même un texte que la censure avait laissé passer dans une revue à tirage somme toute limité, mais qu'elle n'aurait pas toléré dans une édition de diffusion moins restreinte et touchant un autre public que celui des clercs. « Pour certaines raisons, peut-on lire sur la page de garde de la première édition, on a éliminé cette nouvelle[46]. Kafû reviendra sur ce fait dans *Kawaya no Mado* : « ... il y avait des obstacles... »[47]. On ne saurait mieux dire les choses et avec un sens plus aigu de la litote.

Mais on n'aurait pas décrit complètement les raisons

46. *Œuvres complètes,* éd. Iwanami, t. V, p. 377.
47. *Id.,* t. XIII, p. 184.

qui conduisirent l'écrivain à spécialiser son pinceau dans l'étude du monde de la vie galante, si l'on négligeait d'en signaler une dernière, sinon plus importante que les autres, du moins plus profondément inscrite et depuis déjà longtemps, au cœur même de sa pensée. On la trouve clairement exposée dans un texte intitulé *Mihatenu Yume* (« Un rêve inaccessible ») et qui date de novembre 1909. L'auteur y dit de son personnage, qui lui ressemble comme un frère, même si Kafû n'avait alors pas encore pris femme :

> *La juste colère qu'il ressentait contre la vanité hypocrite d'une épouse légitime et contre l'activité d'imposture de la société honnête avait été la seule force qui l'avait dès le début fait courir vers cette autre direction connue comme illégitime et ténébreuse. Bref, plutôt que de voir sur un mur réputé d'une blancheur parfaite toutes sortes de souillures, il se réjouissait de découvrir sur un morceau de haillon abandonné le reste d'une belle broderie. De même que, dans le palais de l'équité, on rencontre souvent les fientes laissées par les oiseaux et les rats, de même, au fond de la vallée du vice, on peut, paradoxalement, cueillir en abondance les belles fleurs de la sensibilité et les fruits parfumés des larmes...*[48]

La référence à cet écrit n'a rien d'arbitraire. Nous ne faisons ici que suivre Kafû. En effet, dans *Shôtaku,* il le cite expressément (en en attribuant du reste, pour l'occasion, la paternité à son héros) et indique l'importance toute particulière qu'il lui accorde. Plus tard, le sortant de son isolement, il le rattachera précisément à l'ensemble *Shinkyô Yawa* ; et ce n'est pas détail sans signification qu'il en ait fait la dernière pièce du recueil, c'est-à-dire celle qui, couronnant le tout, explique le

48. *Id.*, t. V, p. 237.

tout de façon privilégiée par rapport aux autres explications possibles.

A vrai dire, si on la prend à la lettre, cette explication s'applique surtout à *Kazagokochi,* dont, comme nous l'avons vu, la couleur tranche sur celle des autres nouvelles des « Nuits ». Mais si l'on veut l'interpréter dans une perspective plus large, il n'est pas interdit d'affirmer que, loin de contredire la vocation de l'écrivain à poser au *gesakusha* et à tirer de cette pose une éthique, une esthétique et une efficacité polémique, elle la suggérait, elle la préparait, elle en était grosse. Mais il avait fallu les circonstances particulières des années précédentes pour qu'elle puisse en accoucher.

Et pourtant, quelles que soient les qualités des deux ouvrages dont nous venons de disserter et dont on a vu qu'ils cachaient, sous la diversité de leur forme, une unité de dessein, on ne peut se défendre, après les avoir lus, d'un certain sentiment d'insatisfaction. S'agirait-il seulement de cette insatisfaction inévitable attendant le lecteur européen qui demande à la littérature plus que le *gesaku* ne peut donner, il conviendrait alors de la porter au crédit de l'écrivain puisqu'il prouverait par là même avoir atteint l'un des buts qu'il se proposait. Et semblable insatisfaction constituerait au cas particulier, dans un processus de compréhension au second degré, une composante un peu acide de notre plaisir. Mais pour cela, l'aspect Maupassant des « Nuits » reste trop accusé encore, et ce qui avait paru qualité – et qui l'était réellement sur le plan littéraire – devient défaut dans cette perspective. Dans *Shôtaku,* en revanche, Kafû, à l'instar de maître Chin-chin, ne va pas jusqu'au bout de la retraite totale, de la marginalité absolue impliquées pourtant par ses prises de position ; à se contenter de vouloir faire « de temps à autre » la lessive de son existence, il s'expose fatalement à voir taxer son entreprise de jeu intellectuel exempt de risque et peut-être un peu trop confortable. Quand bien même l'examen des années suivantes infirmerait cette interprétation, puisqu'elles aboutiront à la rupture totale de Kafû avec la société « légitime », il n'en demeure pas moins qu'en 1912, il n'a pas encore franchi toutes les étapes de son évolution. C'est cette atmosphère de demi-mesure qui affaiblit l'œuvre de cette période et qui amène en particulier la conclusion décevante qu'on trouve dans *Shôtaku* sur le « goût » et ses vertus, dont nous avons dit un mot plus haut. Dans le même chapitre final de l'ouvrage, Kafû indiquait pourtant la direction où plus tard il devait s'engager peu à peu tout entier, lorsqu'il y expliquait que tous parlent de beauté, d'harmonie, de renouvellement des arts, mais qu'en réalité, ils ne respectent et n'aiment en rien ces choses, ni dans leur vie, ni dans leur environnement.

En attendant cette rupture définitive, loin de se retirer du monde, Kafû continue pour le moment à enseigner dans une université qui lui est pourtant pesante ; mieux encore, si d'un côté, il file le parfait amour avec Yaeji, une geisha de Shimbashi, voilà qu'en septembre 1912, il épouse le plus légitimement du monde, et qui plus est selon la manière traditionnelle – c'est-à-dire sur présentation – une jeune fille de bonne famille assez insignifiante pour n'avoir laissé dans l'œuvre de l'écrivain que des traces infimes et de toute façon peu flatteuses. Que s'était-il passé ? Le consentement de Kafû à ce mariage soudain et assez surprenant est, semble-t-il, la conséquence et le signe, pourrait-on dire, d'une crise où il se trouve plongé et dont les causes sont multiples. Certes, la maladie qui le tenaille depuis juillet n'y est pas étrangère : depuis cette date, en effet, se sont réveillées avec violence les douleurs d'une vieille dyspepsie qui le tourmentera des années durant. Il y a aussi les critiques chaque jour plus nombreuses et plus acerbes à l'université, et les empiétements sur son autorité de directeur de revue. La frustration qu'engendre nécessairement à la longue l'impuissance devant la censure. Enfin, et il faut bien revenir sur ce point que nous avons une fois évoqué, la pesanteur d'une autorité paternelle face à laquelle les possibilités de résistance ouverte de Kafû finissent invariablement par s'épuiser.

Un Français d'aujourd'hui aura sans doute peine à se représenter, et à plus forte raison à admettre, une telle attitude de la part d'un homme âgé déjà de trente-trois ans et reconnu de surcroît par ses contemporains comme un des maîtres de la littérature de leur époque. Mais raisonner ainsi serait méconnaître la réalité japonaise du temps et la force contraignante qu'y exerçait la tradition confucéenne de la famille ; celle-ci entourait en effet la fonction paternelle d'une atmosphère plus proche de la crainte révérencielle que de l'amour filial confiant. Et le nouveau Japon, en s'ouvrant à l'Occident, n'avait en rien adouci ces mœurs. Les dirigeants de Meiji s'étaient aussi départis sur ce chapitre de leur hostilité habituelle envers ce qui venait de l'ancien régime ; bien plus, ils avaient renforcé la tradition qui, dans le palmarès des vertus, donnait une place prééminente à la piété filiale, en faisant de celle-ci une image, un cas particulier de la vertu par excellence qui était la loyauté *(chu)* envers l'empereur et l'ordre social émanant de lui, y compris dans la personne de ses fonctionnaires. On comprend mieux dès lors que, dans ce contexte de mœurs et d'idéologie, les réactions de Kafû envers son père et envers l'Etat présentent éventuellement des similitudes et qu'à un moment donné, ses sentiments vis-à-vis de l'un puissent se répercuter sur son attitude vis-à-vis de l'autre. Dans cette perspective, il n'est donc pas exclu qu'en cette fin d'année 1912, céder à son père et se plier à la loi commune en consentant à une union de pure convenance, ait été pour Kafû une façon de traduire dans sa vie privée les conclusions désabusées auxquelles il avait abouti en tant qu'écrivain, c'est-à-dire en tant que public, face à la société et aux autorités établies.

Cependant, Kafû n'eût pas été lui-même s'il n'avait cherché compensation à une soumission qu'il veut de façade, même si elle représente une négation très concrète de tous ses principes, à commencer par celui de son autonomie en tant qu'individu. Dans le cas présent, pourtant, toute tentative de justification eût été vouée, pire qu'à l'échec, au ridicule. Aussi Kafû n'y recourt-il point. Mais il semble bien, si l'on en juge par une lettre en date du 1er octobre à son ami et éditeur Momiyama Teigo, avoir assisté « en spectateur » à son propre mariage ; et ainsi, faute de mieux, se réfugie-t-il dans une sorte de dédoublement, traduction psychologique de la démarche d'un « vrai » Kafû se démarquant par son regard d'un Kafû trop « réel » qu'il veut étranger à lui-même. Etait-il vraiment dupe d'un pareil faux-fuyant ? Vraisemblablement pas. Mais il avait besoin de s'arrêter sur cette dernière ligne de défense – si fragile fût-elle – pour pouvoir continuer d'écrire. Cependant, là, quel Maupassant saurait tenir lieu de caution à son individualité et à son art en dissolution ? Il ne lui reste pour jouer ce rôle que les bras accueillants de la geisha Yaeji et l'univers parallèle qu'elle représente. L'homme et l'écrivain aboutissaient au même point. Mais sous les apparences du détachement, c'est une vraie désillusion et un profond découragement que traduit la suite de la lettre à Momiyama dont nous avons parlé :

Je ne puis m'empêcher de m'étonner des grands changements de ma façon de penser. Il n'y a rien d'autre à faire que d'interpréter les choses à la manière commune. Je m'efforce d'accepter les vieilles choses telles qu'elles sont. Jusqu'ici, j'étais enclin à essayer d'insuffler quelque vie nouvelle dans mon existence ; tantôt je montrais de la résistance, tantôt je me désespérais, mais à la réflexion, c'est inutile. Déployer mon individualité n'a désormais plus grande valeur pour mon art. Désormais, j'ai l'intention d'adopter l'attitude des peintres de quartier et des auteurs de divertissements de jadis, et d'écrire à la commande de ce qui réjouit les gens, avec soin, attention et prévenance.[49]

Dans le fond, il y a quelque chose de pathétique dans cette affirmation de la dernière phrase où l'on ne découvre même plus la trace de ce crédit que naguère Kafû accordait encore, ou feignait au moins d'accorder, à l'art aristocratique et désengagé des tenants de « l'art pour l'art ».

Dans ses grandes lignes, ce drame n'est au demeurant pas seulement le drame de Kafû. Il est celui de toute une génération d'écrivains pour qui la littérature – après les trois siècles d'irresponsabilité à laquelle elle avait été condamnée sous le régime des Tokugawa – s'était soudain révélée comme un moyen privilégié de l'éveil de l'individu et de sa libération ; mais tous s'étaient heurtés au moins à l'un de ces deux murs : l'hostilité des dirigeants, l'incompréhension d'une masse peu « éclairée » et prisonnière encore des anciens préjugés. C'est ce qui explique que plus d'un parmi eux ait, de découragement, brusquement jeté le pinceau et abandonné sa carrière au milieu du chemin, durant ces débuts difficiles de l'âge contemporain du Japon. Il n'est pas jusqu'à Mori Ôgai qui, après la mort de l'empereur Meiji, n'effectue un demi-suicide littéraire en bornant désormais son activité d'auteur à la rédaction soigneuse et attentive de chroniques historiques romancées. Et l'on forcera à peine la réalité en avançant que, même si ses motifs ne sont pas tout à fait identiques, son attitude est au fond moins éloignée qu'on pourrait le croire de celle de Kafû dans la mesure où, tout bien considéré, elle représente elle aussi une sorte de retour à la façon d'être des écrivains d'Edo. Simplement, le sévère et vertueux

49. *Œuvres complètes*, éd. Iwanami, t. XXV, p. 154.

Ôgai se rapprochera de la manière que l'on disait « dure », tandis que le voluptueux Kafû, suivant en cela la pente de son tempérament, préfère la manière dite « tendre ».

Mais avant de revenir à l'œuvre, un mot encore sur le mariage de l'écrivain, et un autre aussi sur son séjour à l'université. Le mariage ne devait pas durer longtemps. Le 2 janvier 1913 mourait M. Nagai père, et sans attendre plus longtemps que le mois suivant, le fils divorçait. La jeune femme avait peu compté dans cette affaire, et finalement, un divorce rapide s'avérait une libération pour l'un comme pour l'autre. Mais à partir de ce moment, l'on peut se demander pourquoi Kafû attendra encore trois ans – jusqu'en mars 1916 – pour résilier ses fonctions à l'université et élargir du même coup le champ d'une indépendance recouvrée au moins partiellement. D'autant que s'il les avait acceptées naguère, c'était moins par désir de faire carrière que pour réduire là aussi la tension insupportable qui s'était établie entre son père et lui à son retour d'Occident ; sa nomination avait représenté pour lui une sorte de revanche : elle avait prouvé la justesse de ses positions et de son opposition à ce père qui pratiquait à ses heures la poésie chinoise, mais qui se refusait, en bon traditionaliste confucéen qu'il était, à considérer la littérature comme objet légitime et honorable d'une activité exclusive, surtout s'il s'agissait du genre méprisable du roman. Or, c'était précisément, on l'a vu, à la célébrité littéraire acquise grâce à son œuvre romanesque que Kafû était redevable de ce poste dont personne ne songeait à contester l'honnêteté et le prestige. Pourtant, au moment que nous examinons, il est peu probable que ces considérations aient joué le rôle principal dans le fait pour l'écrivain de ne pas quitter ce poste ; car s'il le devait à son talent, il en était redevable aussi aux recommandations des deux grands hommes de lettres, Mori Ôgai et Ueda Bin. Ils lui avaient, avec leur parrainage, accordé la confiance qu'il eût aimé rencontrer dans sa propre famille. Aussi lui était-il difficile de renier si rapidement la dette contractée envers ses bienfaiteurs, quelles que fussent par ailleurs les gênes qu'il eut à supporter de ce fait. On retrouve ici la marque de cette morale confucéenne dans laquelle Kafû a été élevé et dont il repousse avec violence certains aspects, mais qu'il ne rejettera jamais totalement. Ses sentiments complexes, faits d'attachement et de haine envers cette doctrine d'harmonie et d'ordre, mais de hiérarchie et de soumission de l'individu expliquent sans doute aussi tant son obéissance insoumise à son père vivant que le respect affectueux qu'il manifeste après sa mort sinon à ses volontés du moins à sa mémoire : ce dernier sentiment, qui se traduit entre autres par la mise en chantier, à partir de mai 1913, d'un ouvrage intitulé *Chichi no on* (« Ma dette envers mon père »), où il oublie momentanément les principes que lui-même professait quelques mois plus tôt. Mais peut-être est-ce aussi la raison pour laquelle cet écrit est l'un des rares que Kafû ait laissés inachevés.

Plus conforme en apparence à ce que pouvaient laisser attendre ses prises de position, les deux essais de reconstitution romanesque du passé d'Edo qu'il compose, l'un à la fin de 1912, l'autre à la fin de l'année suivante : *Gesakusha no shi* (« La Mort d'un divertisseur »), rebaptisé par la suite *Chiru yanagi mado no yûbae* (« Le saule perd ses feuilles devant la fenêtre au couchant »), et *Koigoromo hana no Kasamori* (« Le Vêtement d'amour de la fleur de Kasamori »). Les titres définitifs reprennent très exactement la manière des titres en usage dans les siècles précédents et avertissent donc d'emblée le lecteur des intentions de l'écrivain. Et, de fait, le second de ces deux ouvrages, de couleur printanière, ne pose apparemment pas de problème : il est consacré à l'histoire d'O-Sen, une célèbre beauté d'Edo immortalisée par le pinceau de Suzuki Harunobu, et ne vise, semble-t-il, qu'à imiter la manière spirituelle et légère des *share-bon* (« livres d'esprit ») qui connurent leur succès au XVIIIe siècle. Plus à l'aise dans d'autres tons, Kafû n'est pas parvenu ici à retrouver le rythme de ses modèles, et l'œuvre ne mériterait pas qu'on s'y attarde davantage si son auteur ne l'avait délibérément rattachée à *Gesakusha no shi* pour faire de l'ensemble un diptyque, sous le titre de *Yanagi-sakura* (« Saule et cerisier »). En lui donnant un contexte, il chargeait en effet *Koigoromo* d'une signification dont il était intrinsèquement dépourvu ; il le définissait par rapport à *Gesakusha no shi.* Or, même si ce dernier rappelle avec assez de bonheur, par la souplesse de son style et par une certaine lourdeur moite de son atmosphère, les *ninjô-bon* (« livres sentimentaux ») en vogue aux derniers jours d'Edo, son thème, pour sa part, s'en éloigne singulièrement. Il raconte en effet la fin mélancolique de l'écrivain Ryûtei Tanehiko qui fut en butte aux mesures oppressives de la fameuse réforme moralisatrice de l'ère Tempô (1830-1843) et ne survécut pas au choc qu'il en reçut. L'allégorie est transparente, et l'on peut aisément reconnaître dans le roman une image tant des événements qui avaient entouré l'affaire Kôtoku, que de leurs conséquences sur la vie de l'esprit et des lettres en général et sur le destin de Kafû en particulier. Notons cependant l'aveuglement d'une censure qui, libérale envers cet ouvrage, caviarde en revanche quelques innocents passages de *Koigoromo.* Ceci dit, puisque *Gesakusha no shi* était porteur de la signification symbolique que nous venons de dire, par contrecoup, *Koigoromo* perdait de sa neutralité : il apparaissait comme la conséquence de l'idée contenue dans le premier ouvrage ; en d'autres termes, il devenait lui-même le symbole du destin littéraire qu'impose à l'écrivain une condition analogue à celle que décrit l'histoire de Tanehiko. Finalement, si nous avons bien compris les intentions de ces deux romans, les titres en auraient fort bien pu être : « La Mort d'un écrivain moderne » et « La

Naissance d'un *gesakusha* ». Pour en arriver là, il avait fallu à l'écrivain passer par ce désarroi et cette crise dont nous avons parlé un peu plus haut ; il avait fallu aussi qu'il la domine assez pour l'exprimer et l'organiser en attitude littéraire cohérente, libre des tentations auxquelles n'avaient pas résisté entièrement « Les Nuits de Shimbashi ». La question est de savoir dans quelle mesure Kafû allait se tenir rigoureusement sur des positions qui à priori engageaient son œuvre dans une impasse. La longue recherche sur Edo à laquelle Kafû va se livrer désormais et dont *Yanagi-sakura* était un épisode obligé – sans en être le plus positif – apportera sa réponse à la question.

Cette recherche allait constituer l'essentiel de son œuvre pendant au moins deux ans. Et c'est ainsi pour commencer que, de juillet 1913 à juillet 1914, paraît dans *Mita Bungaku,* la revue qu'il dirige encore, une suite importante d'études académiques qu'il réunira par la suite sous le titre de *Edo geijutsu-ron* (« Etudes sur les arts d'Edo ») ; sept d'entre elles sont consacrées à *l'ukiyo-e,* la « peinture du monde flottant », qu'il goûtait si fort depuis son enfance, deux au théâtre kabuki, autre passion déjà ancienne ; une dernière étude, écrite en 1917, sera adjointe plus tard au recueil ; c'est une étude sur le *kyôka* (poème bouffe ou poème en folie), genre poétique qui connut une vogue considérable à Edo aux environs de l'ère Temmei (1781-1789).

Ensuite, à partir d'août 1914 et jusqu'en juillet 1915, il donne à la même revue *Hiyori geta* (« En traînant mes socques »), l'une des plus attachantes parmi ses œuvres ; ici, il ne s'agit plus de recherche livresque, mais bien d'une quête personnelle et vivante, et c'est ce qui en fait le charme subtil. Kafû a mis en effet tout son amour de sa ville, tous ses émerveillements de poète, toute sa nostalgie aussi dans ces flâneries qui sont le point de départ de l'ouvrage et au cours desquelles il recense, avec un mélange de ferveur et de mélancolie, avant qu'ils ne disparaissent, les paysages et monuments de la cité d'hier et de sa civilisation : temples, arbres, canaux, ruelles, etc.

Malgré leur différence de ton et de manière, les deux ouvrages traduisent finalement une même préoccupation, dont l'écrivain nous livre les sources de façon particulièrement claire dans les lignes suivantes, tirées d'*Edo engeki no tokuchô* (« Les Caractéristiques du théâtre d'Edo »), l'un des articles du *geijutsu-ron* :

> *Un coup d'œil sur les divers pays occidentaux nous montre que partout, l'influence étrangère a apporté une vie nouvelle à l'ancienne civilisation propre au pays, et en a ainsi accéléré le développement et le progrès ; nous sommes le seul exemple d'un pays où l'empreinte de l'étranger a détruit les beautés propres et en a fait disparaître les fondements. Qu'on regarde les arts de la France : l'influence de la peinture japonaise n'a pas infligé la moindre blessure à son prestige originel ; à l'inverse, la peinture japonaise n'a-t-elle pas, à cause de la peinture à l'huile, perdu tout son esprit ? ... Qu'ils [les Japonais] essaient de se saisir de quelque chose d'« autre », et les voici qui du coup perdent le trésor dont ils avaient hérité.*[50]

Dans ces conditions s'imposait en premier lieu de procéder à un inventaire de l'héritage en péril et à sa réévaluation ; et c'est bien ce à quoi s'employaient tant les « Etudes » que *Hiyori geta*. C'est ce qui explique également le goût de collectionner, qui, à la même époque, se transforme chez l'écrivain en véritable passion. Mais il fallait aussi préserver les derniers restes vivants de ce trésor des arts de jadis. Kafû les nomme : le kabuki, la danse, la musique de shamisen ; et ils subsistent tant bien que mal à l'intérieur des véritables

---

50. *Œuvres complètes*, éd. Iwanami, t. XIV, p. 151-152.

« conservatoires » – le mot est de Kafû lui-même – que sont les mondes du théâtre et de la courtisanerie, au caractère marginal desquels ils doivent jusqu'à présent leur partielle sauvegarde. Ils n'en sont pas moins menacés de succomber à l'esprit du temps, et d'autant plus menacés que, ne s'étant jamais interrogés sur leur sens et leurs finalités, ils n'étaient pas à même d'argumenter une résistance face aux tenants d'une « ouverture » et d'une modernisation aléatoires. C'est pour mieux assurer cette sauvegarde que Kafû s'élève, par exemple, avec force contre la tendance réaliste à la mode inaugurée au kabuki, dans les débuts de Meiji, par le célèbre acteur Ichikawa Danjûrô, neuvième du nom, et qu'il loue en revanche la fidélité à l'esprit d'Edo qu'il reconnaît à son ami le deuxième Ichikawa Sadanji et au sixième Onoe Kikugorô. Pour la même raison encore, il s'oppose à la thèse de Mori Ôgai qui, moins sensible que lui à la beauté et au charme particulier des arts nés dans le Shitamachi (la ville basse des marchands et des artisans), préconisait d'abandonner purement et simplement, ou tout au moins de réécrire complètement un théâtre dépourvu, selon lui, du moindre intérêt. L'attitude d'un Ôgai nous permet au passage de juger à quel point était nécessaire et urgente l'œuvre de réhabilitation entreprise par Nagai Kafû.

Pourtant, si nécessaire qu'elle fût, elle ne représentait encore qu'un objectif limité. Le propos de Kafû en serait-il resté là qu'il n'aurait pu, une fois de plus, échapper aux accusations de « passéisme » et d'« esthétisme » dont, on l'a vu, il ne manqua pas d'être abreuvé ; et bien entendu, il n'aurait pas davantage pu retrouver les raisons d'être et d'écrire qu'en dépit de tout, il ne cessait de poursuivre, par des chemins originaux, il faut en convenir.

C'est ici qu'un point attire notre attention, de par une certaine singularité qui autorise, croyons-nous, à le tenir pour point de repère dans l'analyse que nous tentons de la pensée de l'écrivain.

En effet, contredisant un goût qu'on eût pu croire presque exclusif pour des âges plus tardifs et plus décadents, Kafû réserve désormais ses plus hautes appréciations à l'ère de Temmei (1781-1789). Cette ère fut sans doute, après l'ère de Genroku (1688-1704), un siècle auparavant, l'un des moments les plus brillants de la civilisation japonaise sous les Tokugawa. Mais Kafû eût alors pu tout aussi bien porter son choix sur l'ère de Genroku justement, puisque, dans la littérature au moins, elle atteignit des sommets dont, à coup sûr, n'approchèrent ni les *share-bon* ni les *kyôka* du XVIIIe siècle finissant. Et certes, il ne ménage pas, en d'autres lieux, son admiration pour Ihara Saïkaku et Chikamatsu Monzaemon, qui, le premier par ses romans, l'autre par ses drames, illustrèrent l'âge de Genroku.

On pourrait penser qu'à l'inverse de Temmei, Genroku souffrait d'avoir eu son centre de gravité culturelle à Ôsaka, tare impardonnable aux yeux de Nagai Kafû, l'amoureux si intransigeant de sa cité natale que, se départissant de sa réserve ordinaire, il donna un jour libre cours à l'une de ses rares colères publiques lorsqu'un vrai « fils d'Edo » à trois générations lui rappela les origines de sa famille en le traitant d'un méprisant « homme de Nagoya ! ». En fait, plus sérieusement, si, sous l'ère Temmei, les arts n'ont plus la force jaillissante qu'ils avaient connue sous Genroku, ils ont en revanche atteint un degré de poli, de raffinement, d'harmonieuse perfection qui fait de cette période le véritable âge « classique », s'il en est, de toute la civilisation des Tokugawa. En le privilégiant, Kafû privilégiait moins un âge de littérature qu'un âge de culture, tel qu'il le définit dans un passage de *Kyôka o ronzu,* écrit sans doute en 1917, mais qui résume bien ce qui était au cœur des préoccupations de l'écrivain lorsqu'il entreprit sa longue marche à travers les arts et les paysages d'Edo :

> *La vieille culture particulière à notre pays est détruite, et les bases de la nouvelle n'ont en fin de compte pas été édifiées... La culture d'Edo avait pour fondements le confucianisme et le bouddhisme ; la nouvelle culture moderne des pays occidentaux repose, elle, sur les fondements remarquablement stables de la religion et de la philosophie. Quand il en est ainsi, même si, parmi les mille phénomènes d'une société, on en rencontre parfois qui semblent lui être parfaitement hétérogènes, qu'on veuille bien creuser jusqu'à leurs racines, et l'on trouvera à coup sûr un élément réductible à l'ensemble. Seule notre culture moderne a pour point d'aboutissement le chaos et l'informe.*[51]

Face au « chaos » et à « l'informe », c'est-à-dire à la non-culture des nouveaux temps barbares, Kafû ne préconise évidemment pas un retour en arrière impossible ; et à supposer même qu'il eût été possible, il ne l'eût sans doute pas espéré. Il ne prétend pas davantage proposer à ses contemporains la civilisation d'Edo comme modèle idéal de société, loin de là ! Mais faute d'une valeur exemplaire, il en attend au moins la valeur d'un exemple – et quel exemple parle mieux à la sensibilité de chacun que son propre passé ? – de cette cohérence, de cette homogénéité, de cette « harmonie » en un mot, qui fondent et signalent toute culture véritable. C'est ainsi que se justifie, s'il en est besoin, la démarche de Kafû qui, plutôt que de disserter longuement sur les fondements, se plaît en artiste à reconnaître et nommer les formes auxquelles ils ont donné une unité profonde sous la multiplicité des apparences. Aussi bien, du reste, décrire la savante courbure qu'un jardinier a su donner à la branche d'un pin, évoquer telle ligne d'une estampe, raconter une phrase de *shamisen* ou commenter un

51. *Œuvres complètes*, éd. Iwanami, t. XIV, p. 140.

poème, n'est-ce pas au fond autant de variations sur un discours identique ?

Dans cette perspective, l'ère de Temmei apparaît finalement comme le point de focalisation des capacités culturelles d'Edo et de son art de vivre ; les estampes d'Utamaro en sont sans doute l'expression la plus illustre, mais le genre poétique du *kyôka,* qui connaît alors, avec Shoku Sanjin (1749-1823), sa période de plus grande vogue, est pour sa part un sûr indicateur de la qualité culturelle du moment, si l'on en croit les lignes que Kafû lui consacre dans *Kyôka o ronzu* :

> *Fondamentalement, haikai et* kyôka *sont des genres qui sont apparus fortuitement comme résultat de la parfaite combinaison de deux littératures, la chinoise et la japonaise, qui s'est faite au cours des longues années de la « paix d'Edo » ; il faut donc considérer qu'ils représentent un point extrême de la maturation de l'ancienne civilisation de notre pays.*[52]

Fruit de culture donc comme le haikai, le *kyôka* présente sur lui plusieurs avantages : la forme héritée du *waka,* la traditionnelle poésie japonaise de rythme 5-7-5-7-7, donne plus d'aisance à l'imagination que les dix-sept syllabes où s'enferme le haikai ; échappant aussi aux contraintes de l'élégance à laquelle est tenu le *waka,* et du *kigo* (le « mot de saison ») que doit nécessairement comporter le haikai, il peut à son gré courir là où il veut aller. Son seul malheur est de n'avoir pas connu son Bashô[53] ; mais tel qu'il est, libre et fantaisiste, familier et sensible, réaliste et satirique, faisant son bien des mille aspects divers de la vie et des mœurs de la cité, il est sans doute l'une des meilleures expressions de

52. *Œuvres complètes,* éd. Iwanami, t. XIV, p. 140.

53. Matsuo Bashô (1644-1694), le plus grand des haïkaïstes et le premier à avoir donné au genre ses lettres de noblesse.

l'esprit du *bunjin*, cet « homme de culture » et de goût, qui, toutes choses égales, aurait pu devenir pour son époque un idéal tel que fut notre « honnête homme » par exemple, si la société qui l'avait fait naître n'avait pas imposé des limites aussi étroites au champ d'action de l'esprit et de l'expression.

Avec l'image du *bunjin* entre en scène un autre type de *gesakusha* que celui auquel se réfère Kafû lorsqu'il veut jouer sur les notions d'abaissement et d'humiliation. Dans ce dernier cas, en effet, l'on songe plutôt au véritable professionnel du pinceau, à l'écrivain qui, gagnant sa vie au moyen du *gesaku*, a pris au XIXe siècle la place du *bunjin* désintéressé et moins docte, qui vise un public beaucoup plus large et qui peut allier, comme c'est le cas de Tamenaga Shunsui par exemple, un réel talent de conteur à une culture inexistante. Le *bunjin* en revanche est un lettré rompu aux lettres chinoises et japonaises, astreint en général par son état à des fonctions administratives plus ou moins élevées, qui « divertit » à temps perdu son pinceau dans des œuvres auxquelles il n'attache lui-même guère d'importance, et qui sont, selon le cas, fleur ou déchet de sa culture. Que ce divertissement devienne passion, et il sera peut-être, selon l'éthique de l'époque, regardé comme débauche, mais il n'en restera pas moins cautionné, pour ainsi dire, par la culture dont il est l'expression et qui demeure son fondement. Solidité du fondement sous les dehors futiles, inutiles de l'œuvre, c'est le destin de la littérature d'Edo ; c'était la voie étroite que, dans une ère de despotisme où liberté d'expression et de pensée étaient notions proprement inconcevables, l'art avait dû emprunter pour défendre son droit à l'existence et sauvegarder son honneur ; mais c'était déjà beaucoup, nous apprend la conclusion de *Kyôka o ronzu*, car :

Tout ce qui a un fondement a un goût de plénitude ;

et plus on goûte à ce goût, plus il est profond. C'est là le cœur d'une véritable civilisation. [54]

En reprenant à son compte, avec la notion de culture qui la sous-tend, l'image du *bunjin,* Kafû trouve mieux qu'un prétexte à céder à ce mal d'écrire dont il est dépossédé.

Certains tendent à dire, de nos jours, que la culture est l'arme par excellence d'une domination, et que, réciproquement, une culture antinomique de celle du pouvoir est l'arme par excellence de l'opposition. Ce n'est sans doute pas la thèse de Kafû ; pourtant, l'on ne se tromperait guère en disant qu'il a eu une intuition assez voisine du deuxième volet de cette proposition. La différence réside dans le fait que, chez lui, c'est l'idée même de culture qui, affinée dans une œuvre et vécue dans une vie, peut devenir l'instrument de la résistance face à l'oppression exercée par une pseudo-culture. Là aussi réside la différence essentielle avec le *bunjin* d'Edo, chez qui l'on peut rencontrer souvent l'esprit de retraite, jamais l'esprit de résistance. Deux raisons au moins expliquent ce dernier point. Premièrement, le *bunjin* d'autrefois, à l'inverse du nouveau, avait été sécrété pour ainsi dire naturellement par une société dans laquelle sa présence ne « détonnait » en aucune matière, même si son activité littéraire était tenue pour marginale. Deuxièmement, le *bunjin* moderne avait dû ajouter la base d'une culture occidentale aux bases sino-japonaises qui fondaient la culture de ses prédécesseurs.

La plongée vers Edo et ses vestiges encore vivants qu'effectuait Kafû se chargeait donc d'autres significations que celles de la fuite ou de la nostalgie, et d'autres accents que ceux de la récrimination ou de la lamentation. Elle se révélait comme condition nécessaire pour se constituer en *bunjin* ; une première fois, cela va sans

54. *Œuvres complètes,* éd. Iwanami, t. XIV, p. 141.

dire, en lui fournissant le modèle ; une autre, en apportant le fondement japonais nécessaire à la construction d'une culture nouvelle dont l'écrivain serait, pour l'édification d'un petit nombre et sa justification propre, l'unique représentant s'il le fallait. A ce sujet, il convient de rappeler combien l'intérêt que Kafû porte à Edo allait à contre-courant de toutes les tendances, de toutes les modes de l'époque, pour mesurer à leur vraie valeur le mérite, la ténacité, le courage d'une attitude solitaire qui le coupait même du jeune monde littéraire de ces débuts de l'ère Taishô.

Le journal que rédige Kafû de septembre 1913 à juillet 1914 et dont le titre, *Ôkubo-dayori* (« Nouvelles d'Ôkubo ») évoque le quartier où se trouvait située la maison familiale, peut être interprété comme une parfaite traduction de la volonté qu'a l'écrivain d'opposer son projet de microcosme culturel au reste du monde ; comment expliquer autrement que, prenant ses distances avec les événements réputés importants et délaissant la lecture des journaux qui les relatent, il se fasse alors le reporter des événements qu'il estime, lui, de beaucoup plus grand prix, savoir : leçons de *shamisen,* recherche de vieux livres, rencontres avec l'acteur Sadanji, récitals de musique d'Edo, promenades curieuses, plaisirs des fleurs et des saisons qui passent, geishas, théâtre... ? Plus peut-être important encore, le style épistolaire appelé *sôrôbun* dont est habillé l'ouvrage et qui, hybride des deux langues, chinoise et japonaise, a la beauté artificielle et capiteuse des fleurs forcées en serre. Ce style, dont Kafû désormais fera un abondant usage (ce sera en particulier celui du journal intime qu'il commencera en septembre 1917 et qu'il continuera jusqu'à sa mort) et dont la pratique assidue donnera au reste de sa prose déjà si souple une tenue et une transparence qu'elle n'avait jamais encore atteintes ; ce style donc joue pour Kafû le rôle d'une sorte de miroir magique dont la matière, faite de culture à l'état pur, reconnaîtrait les objets capables de s'y refléter et dissoudrait les autres dans sa profondeur glacée.

Le mariage de Kafû avec Yaeji, la geisha qu'il fréquentait depuis la fin de 1910 et dont le nom véritable était Kaneko Yae, apparaît comme la conclusion logique de la plongée de l'écrivain dans le monde d'Edo. Comment, de fait, imaginer tableau plus idéal que cette union avec une représentante du « monde des fleurs », tandis que le rôle d'« intermédiaire » est joué par l'acteur Sadanji accompagné de son épouse ? Il ne faut pas entièrement négliger non plus la part de défi que pouvait comporter une semblable union, et qui n'était pas faite pour déplaire à un Kafû reprenant confiance en lui-même : défi ou non, elle suscite de toute façon plus d'hostilité que de compréhension et préparera la rupture de Kafû avec son frère Isaburô et son éloignement par rapport à sa mère. Célébré en août 1914, le mariage se termina par le départ de Yaeji et par un divorce dès février 1915. Diverses explications seront invoquées de part et d'autre : intrusion d'une belle-famille abusive et jalousie, selon lui ; infidélités et caractère tyrannique, selon elle. Les causes véritables étaient vraisemblablement plus profondes : les raisons mêmes de cette union avaient été celles de la désunion ; on le comprendra aisément à la lecture d'un passage particulièrement éclairant de *Yahazugusa* (« Infusion de trèfle ») :

La plupart des gens considèrent comme des arts uniquement la composition poétique et la peinture. Moi aussi jusqu'à présent je raisonnais ainsi. Dans mon cœur amoureux de l'art, j'estimais suffisant d'écrire des romans, de me livrer à la critique dramatique et d'écouter de la musique vocale. Mais les passions des hommes sont sans limites. J'en suis arrivé à la conclusion qu'il faut compter aussi au nombre des arts la maison que l'on habite, les vêtements que l'on porte et jusqu'à la nourriture que l'on mange. Je vais plus loin : j'aspire à traiter mon existence même comme une œuvre à composer ; sans cela, mon cœur ne saurait en définitive éprouver de véritable satisfaction. Et dans cette conception de la vie comme une œuvre d'art, la femme doit constituer l'élément le plus important de la construction.[55]

C'était pousser un peu loin le droit à l'égoïsme que l'on reconnaît partout aux artistes. Et Yaeji était dotée d'une personnalité trop forte pour accepter de devenir même l'élément le plus important dans la construction de son époux. Cela dit, ce mariage ne laissa sans doute pas seulement de mauvais souvenirs aux intéressés, puisqu'ils continueront, des années encore, et en dépit d'autres liaisons, à entretenir des relations qui ne restaient pas toujours du pur domaine de l'amitié. Il a par ailleurs inspiré à Kafû le bref ouvrage dont est tirée la citation précédente et qui date du printemps 1916. Son style a le parfum démodé de la prose ancienne, et son point de départ, volontairement insignifiant (la préparation que Yaeji faisait à son mari d'une tisane stomachique), est bien dans la tradition des essais de *bunjin* ; il rappelle en particulier le genre qu'on nomme le *haïbun,* pièce de prose dont le registre va de l'humour et de la finesse descriptive à la notation poétique et à la réflexion de moraliste. Ici, Kafû évoque avec assez de bonheur la figure de cette femme, qui démontra plus tard l'étendue de ses qualités artistiques en devenant, sous le nom de Fujikage Shizue, l'une des plus grandes figures de la danse japonaise classique.

Deuxième composante de l'image du *bunjin* est la culture sinisante à laquelle Kafû dès son enfance avait été frotté, puisque son père lui avait fait étudier la poé-

55. *Œuvres complètes,* éd. Iwanami, t. XIV, p. 265.

sie chinoise auprès d'un maître. Il est certain que le goût pour cette poésie s'est réveillé, ou ravivé, en 1913, après la mort de son père qui, nous l'avons vu plus haut, la pratiquait en amateur. C'était un amoureux de la Chine, et, dans *Ôkubo-dayori*[56], son fils nous rappelle que, du jardin de sa propriété, peuplé de fleurs et d'arbres venus du continent, il avait exclu toutes les essences spécifiques du Japon. Sa chambre de travail, décrite dans *Ame shôshô,* était aussi dans le plus pur goût chinois. Maintenant qu'il était disparu, Kafû pouvait oublier ce qui les opposait et n'honorer dans son souvenir que les aspects du personnage qui trouvaient en lui un écho. A la fin de 1913, il recueillera les poèmes de son père pour les éditer à ses frais et les donner aux amis du disparu. C'est aussi en mars de la même année qu'il déclare dans une lettre[57] projeter un long roman où il déploierait son goût pour la poésie chinoise ; peut-être faut-il voir là déjà une première anticipation de ce qui deviendra plus tard *Ame shôshô. Ôkubo-dayori* est d'ailleurs peuplé de références aux arts et aux lettres de la Chine. Mais plus libre ici qu'il ne l'était vis-à-vis de la civilisation d'Edo où, pour chercher le modèle du *bunjin,* il avait dû faire taire un moment ses goûts les plus profonds, Kafû se laisse aller à ses penchants personnels et ne cache pas qu'aux œuvres fortes et sobres des grands classiques de l'époque T'ang il préfère généralement celles « plus délicates, plus ouvragées et au léger parfum décadent » de la fin des Ming et du début des Ts'ing[58] ; l'exception qu'il fait pour Tou Mou, poète fameux de la fin des T'ang, provient – dit-il – de ce qu'il lui reconnaît des caractères identiques. Le culte qu'il vouera par la suite à Wang Ts'eu-houei (jap. Ô Jikai)[59] dont il sera fréquem-

56. *Id.*, t. XIII, p. 239.

57. Cf. Akiba Tarô, *Kôshô Nagai Kafû,* Tôkyô, Iwanami-shoten, 1966, p. 225.

58. *Œuvres complètes,* éd. Iwanami, t. XIII, p. 239.

59. Voir : « Interminablement, la pluie… », ci-dessus. p. 34 et n. 20.

ment question dans *Ame shôshô*, et qui pourtant ne passe pas aux yeux des sinisants pour un poète majeur, s'expliquera à l'évidence par ces raisons.

On pourrait tenir des propos voisins au sujet du troisième pilier, l'occidental, sur lequel se fonde la culture de Kafû, moderne *bunjin* ; et l'on aurait beau jeu de railler la passion qu'il manifeste envers l'œuvre d'Henri de Régnier qui, Maupassant mis à part, l'emporte dans son cœur sur tout autre écrivain français, si l'on oubliait la réputation dont le même Régnier jouissait auprès de nos grands-pères. On peut dire aussi que sa connaissance des lettres françaises est incomplète et entachée de jugements parfois discutables. Il n'en demeure pas moins qu'en son temps et en son pays, il est l'un des meilleurs connaisseurs de notre littérature et qu'il compense une ignorance assez grande des siècles anciens par la rapidité surprenante avec laquelle il suit les événements littéraires contemporains de notre pays ; et la qualité de sa compréhension – en dépit d'erreurs de détail – est attestée en particulier par ses traductions de poèmes (de Verlaine et de Baudelaire à Samain et à Mme de Noailles), rassemblées en avril 1913 dans *Sango-shû* («Recueil de coraux »). N'oublions pas qu'il est aussi l'un des rares, parmi ses concitoyens, à avoir pu et su saisir dans leur ensemble et assimiler, non seulement à travers les livres mais à travers la musique, les paysages, les rues, les maisons et les hommes, les traits distinctifs ou, si l'on veut, l'esprit de la civilisation occidentale ; son hypersensibilité aux adaptations maladroites et plus encore aux détournements d'usage que pouvaient en faire certains de ses compatriotes en portent témoignage. Cependant, durant toute l'époque que nous considérons, en dépit des contacts qu'il entretient avec notre culture par ses lectures et du fait de ses fonctions de professeur, renforcer ce pilier n'était pas le premier de ses soucis. Il en avait suffisamment assis les bases des années durant, puisque, à tout prendre, c'était bel et bien l'influence de cette culture occidentale qui, pour une large part, avait été à l'origine de sa démarche actuelle.

Tous ces développements nous ont-ils fait oublier l'œuvre romanesque de l'écrivain ? Que non pas ! Simplement, autant les années 1914 et 1915 ont-elles été riches sous d'autres points de vue, autant apparaissent-elles sous celui-ci comme des années de vaches maigres : deux brefs ouvrages et c'est tout. En 1914, un seul roman, assez bref, *Natsu sugata*.

TABLE

Achevé d'imprimer
sur les presses de
l'imprimerie Robert
200, avenue de Coulin
13420 Gémenos

Dépôt légal : Novembre 1994